莫言 | 主要作品

红高粱家族
天堂蒜薹之歌
十三步
酒国
食草家族
丰乳肥臀
红树林
檀香刑
四十一炮
生死疲劳
蛙

○●○

白狗秋千架（小说集）
爱情故事（小说集）
与大师约会（小说集）
欢乐（小说集）
怀抱鲜花的女人（小说集）
战友重逢（小说集）
师傅越来越幽默（小说集）

○●○

姑奶奶披红绸（剧作集）
我们的荆轲（剧作集）

Winner of
the Nobel Prize
in Literature

筑 路

筑路

莫言中篇小说精品系列

浙江文艺出版社
Zhejiang Literature & Art Publishing House

目录

筑路 / 001

战友重逢 / 139

筑　　路

一

　　从八隆河大堤上走过来一支队伍，筑路工都停了手里的活儿，眯着眼睛看。那是一群个头参差不齐、衣服破破烂烂的孩子。当头的一个个子最高，双手举着一杆红旗。下河堤时，旗手把红旗招扬，旗上的一排黄字亮了几下，又藏到折皱里。孩子们下河堤时，推推搡搡，嘻嘻哈哈地笑着，像一群小狗崽子在鸣叫。

　　孩子们在河堤外的空地上排起队伍来。大家听到他们为争位置前后吵吵嚷嚷。

　　"大锁，大锁，你别站在我前边。"

　　"永乐，你不是靠着我。"

　　"……"

队伍终于排好，举红旗的男孩说："奏乐！"

大铜鼓小铜鼓大钹军号一齐响起来。

举旗男孩从地上拔出旗来，大声喊着："就这样，就这样，跟我走。"

他双手擎着旗在头前带路，队伍跟着他走。临近工地时，他转过身，倒退着，高声喊唱："下定决心——一二！"

队伍里嘴巴闲着的孩子齐声高唱：

下定决心——不怕牺牲——排除万难去争取胜利——下定决心！不怕牺牲！排除万难！去争取胜利！

如此循环往复几十遍。

孩子们的队伍一直开到被压路碌子碾得平展光滑的路基上，原地踏着步，鼓乐齐鸣着，语录歌继续唱着。那些敲钹打鼓的孩子们的脸上都流下了一行行汗水，一张张小脸都脏得可爱。

举旗男孩下令："停住！"

孩子们都巴不得停住，一接到命令，立即停止鼓吹歌唱，有的抬袖子擦汗，有的张着口喘气。持钹女孩把大钹放在地上，双手交替揉着被钹绳勒出了深痕的手背。

举旗男孩往路基上插旗，插了半天也插不进去。他有点失望,四下看看,发现路外的松土,便跳过去,把旗插上。

举旗男孩郑重其事地走到那群呆傻一般的筑路工面前,严肃地说:"我是马桑小学革命委员会副主任兼马桑小学毛泽东思想宣传队队长高向阳,找你们的负责人说话。"

筑路工们被高向阳的气势唬住了,互相转着眼珠看一阵,无人敢说话。

高向阳有点气恼,说:"你们的负责人是谁?"

筑路工无人说话。

高向阳打了一个喷嚏,喷出了两道鼻涕,他用力一搋鼻子,又把两道鼻涕吸了回去。

这时,一个小个子民工说:"我们队长在窝棚里睡觉呢。"

高向阳说:"快去叫他。"

小个子民工飞快地向窝棚跑去。

男孩迎着慌慌张张跑过来的一个高个子男人走去,两人对面后,中间隔着一步距离。男孩伸出一只手,说:"我是马桑小学革命委员会副主任兼马桑小学毛泽东思想宣传队队长高向阳。"高个子男人愣了一会儿,才如梦初醒般弯下腰,伸出两只大手,捧住男孩的小手，使劲摇着，满脸堆笑地说："高主任，高队长，失迎失迎。"

"你是负责人吗？"高向阳把双手插到裤兜里，斜着眼问。

"是是是，郭司令委任我为筑路队代理队长。"

"贵姓？"男孩冷冷地问。

"贱姓杨，杨六九。"

"杨队长，我代表马桑小学革命委员会，对革命民工同志们宣传毛泽东思想，请你组织观看演出。"

杨六九说："革命民工同志们，往前靠靠，看革命小将们演出。"

民工们都懒洋洋地往里凑了凑。

高向阳走到自己队伍前，指挥着鼓乐队演奏一番，然后，把流出来的鼻涕吸进去，面对民工们说："伟大领袖毛主席教导我们说：'我们的文学艺术都是为人民大众的，首先是为工农兵的，为工农兵而创作，为工农兵所利用的，句号。'马桑小学毛泽东思想宣传队演出现在开始。第一个节目：《老两口学〈毛选〉》。"

一个女孩从裤兜里摸出一条白羊肚子毛巾，蒙在头上，好像那条毛巾有巨大的重量似的，她的腰像老太婆一样伛偻起来，脸上也表现出了饱经沧桑的老年人那种凄凉表情。她对身旁的一个胖墩墩的男孩说:"大贵,快化装,队长都报了幕了。"

男孩满脸通红,说:"俺不演了,叫人家大人笑话。"

宣传队队长高向阳涨红着脸,跑到队伍里,气汹汹地说:"怎么搞的!你们干什么吃的!"

"他不演了,他怕羞!"女孩说。

"宣传毛泽东思想还怕羞?你姥姥家是富农,叫你来宣传,是团结你哩。"高向阳对大贵说。

大贵的小圆脸白了,站着老老实实的,像受贫下中农训斥的"四类分子"一样。

"快上台!"高队长说。

"他还没扎腰带呢!"女孩说。

"快扎!"高队长催促。

一个男孩和那个女孩各扯着一根麻绳的一头,拦腰把大贵捆住。他们用力一勒,大贵的身体往上一耸,又用力一勒,大贵的身体又往上一耸。女孩把绳子头绞在一起,打了一个结,说:"罗锅下腰,上。"

男孩罗锅着腰,女孩也罗锅着腰,蹒蹒跚跚着走到离筑路工三五步远的地方停下。

女孩子喊:"老头子,快点吃啊,吃完了好学《毛选》。"

男孩满脸汗水,结结巴巴地说:"老婆子……俺今天抬了一天石头,累了,赶明儿再学吧。"

女孩说:"不行不行,毛泽东著作是个宝,什么毛病都治好,现在你还有点累,学完一篇就不累了。"

男孩说:"老婆子,别着急,等俺折根草棒剔剔牙。"

男孩做剔牙状。

女孩问:"剔完了吗?"

男孩做剔牙状。

女孩问:"剔完了吗?"

"完了。"男孩说。

男孩和女孩边表演边唱起来:

收了工,吃罢了饭,老两口儿坐在窗前,对着月亮学《毛选》。……

一个节目完毕,民工们都拍掌祝贺。

连演了七八个节目后,民工们都迷迷糊糊地睡过去了。一个弯腰如弓的老汉走到杨六九身边说:"老杨,开饭啦。"

杨六九对高向阳说:"高队长,咱是不是先吃饭?"

高向阳说:"是宣传毛泽东思想重要还是吃饭重要?"

"当然宣传重要。吃饱了宣传更有劲。那老两口学《毛选》,不也是'收了工,吃罢了饭'才学吗?"

高向阳说:"那好吧,演出到此结束!"

民工们在杨六九的指挥下鼓掌。

孩子们在高向阳率领下喊口号:

向革命民工学习!向革命民工致敬!修好无产阶级革命路!

孩子们又整齐队伍,鼓角齐鸣,沿着来路去了。

二

晚上,杨六九从马桑镇西头那一片葵花地里穿过来,走上八隆河南堤,过了河上那道瘦瘦的石桥,他站在八隆河北堤上发呆。适才红得可怜的月亮已经发了白,地上的万千景物都被月光照着,变得神秘朦胧,奇形怪状。八隆河水往东流。河南岸马桑镇里这时已寂静无声。镇子罩在月光下,薄雾氤氲。空气缓缓流动,挟带着细细的声音和淡淡的香气。镇西头响起几声雄壮低沉的狗叫。他气愤又惆怅,晃晃荡荡下了堤。

堤外的碱土荒原一望无际,在死样的寂静中,荒原深处,恍惚有汹涌的浪潮声。月光愈加白亮起来,筑路工地上的铁制工具都熠熠生辉。那个足有半人高的钢筋水泥压路碌子睡在路中央,像一匹威武的大兽。筑路工们睡觉的三角状窝棚用苇席覆盖,细长光滑的苇眉子亮成一片,长长的窝棚挺像条大银鱼。有一道昏黄的灯光从窝棚洞口射出来。

窝棚中间开一个洞,进去,又向两边各开一个洞。他弯着腰站在三个洞之间的狭小天地里,几十双鞋子里发出的臭味儿熏得他脑袋发胀。马灯光一摊一摊地涂在他露肘吐肩的黑色单衣上。他身上沾满黄色的泥土。

有两个民工在灯影下玩扑克牌,他拨拉了两下他们的头,说:"还不困觉?累轻了你们!"

玩扑克牌的两个民工一个瘦小,支棱着一脑袋猪鬃样的好头发;另一个瘦长,坐在地上,像一根木桩子。

他们俩怔着眼看着杨六九,脸上表情都如大梦方醒。瘦长个子说:"又去马桑镇上打野食了吧?小心让镇上的男人宰了你。"

"谁敢?"杨六九说,"老子是筑路队代理队长,深夜去马桑镇访贫问苦。"

瘦长个子嘻嘻儿笑,说:"你甭嘴硬,惹出乱子来,郭司令回来,不剥了你的皮才怪。"

"老子跟郭司令是八拜兄弟，要不他老人家进县办事会让我代理队长？你呀，来书，尿毛不懂。"杨六九说。

"你懂个尿毛！"来书说。

"啰唆什么？还要不要牌啦？"小瘦子说。

"要。"来书又伸手摸了一张牌。

"孙巴子，"杨六九对小瘦子说，"公安局正在抓赌，你小子胆大只管赌！"

"谁赌啦？不兴爷们儿闹着玩玩？"孙巴急呛呛地辩解着。

"郭司令回来，我只要一歪嘴，就有你的好戏唱。"杨六九说。

"得了吧，杨六九，赌钱也比你溜老婆门子光彩。郭司令回来要收拾先收拾你。让你代理队长，真他妈的输了眼色，你还不如我。"来书说。

杨六九骂着来书，爬进窝棚里去。一溜竖躺着的男人有的在打鼾，有的在说梦话。杨六九背着灯光，不知压着了谁的肚子，那人哎哟一声，懵懵懂懂折起身，眼睛没睁就抡起了拳头，杨六九急忙躲闪，那人的拳头打在盖顶的苇席上，席棚上抖落一阵细如烟雾的沙土，痒痒地钻进鼻孔。杨六九扑到自己的那一线被两边人挤得更窄的地盘上，扒掉衣服挂在席棚肋条上垂下来的白铁丝弯钩上；然后，用力把身体塞下去。四月老春初夏，窝棚里有些恶浊气，他舒服地躺着，睡不着，感到腿下有物在蠕蠕地运动，悄悄伸手摸去，摸到一个谷壳大小的物，肉乎乎的，生怕是个会蹦的，便用两个指肚用力地捻了一会儿，又移到两个大拇指甲之间，用力一挤，听得噗唧一声响，心里感到满足和不足，于是又伸手去摸索，屡摸屡有，两个大拇指甲渐渐变了色。镇上雄壮的狗叫声再起，其他的狗配合着叫了一阵。狗一叫他就缩回手，身上不痒了，心脏却焦躁得仿佛皱皮的碱嘎渣儿。

鞋堆里，两个瘦人正赌得热闹，吊在窝棚脊椎上的马灯投下一个磨盘大的圆圈，葱绿色的小飞虫把灯罩子碰得啾啾叫。

"三十点！"瘦长个子干涩的声音里透出压抑不住的喜悦，"小孙，亮牌，我是三十点，你除非摸到三十一点，你那臭手，不会摸到三十一点。"

八隆河水活泼的流动声传进杨六九的耳朵，他的心好像要离开他跳到河南岸，像一匹跳蚤，跳进镇西头那家小院里，躲开那匹凶恶的大狗，去咬那个女人的白肉。

小孙不欢畅地喘着气，眼睛用力挤眨着看手中的牌，一滴鼻涕在鼻尖上挂着欲下不下，眼泡里两汪水欲流不流。瘦长个子把细脖子探过去，说："亮牌呀，亮牌比生孩子还难呀！7、7、老K、小5，你他妈的这不是早就抓冒了顶了吗？还捂着盖着的，死了不埋能放几天？你又输啦，六十一支，三盒零一支。"

"你要赖了。"小孙怒气冲冲地说。

"你怎么不当场抓住我？不会凫水别埋怨那个玩意儿挂藻菜！"来书说。

"不是耍赖你怎么会把把都赢？"

"怨你的技术，怨你的臭狗屎运气。"

"再赌一盘，你妈的。"小孙的嗓子沙沙响，像个处在变声期的男孩子。

"孙巴，别赌啦，再赌连你老婆都要给来书赢去了。"杨六九在黑影里说。

"我不服！来书赖人。"小孙怒吼。

"吵吵什么？都什么时候了，还让不让困觉啦？阎王不在家，小鬼上屋笆！"有人在黑暗中说。

"让老杨来给我们作证，输就输吧，怨我赖人。"来书说。

"老子没闲工夫给你们作证。"杨六九说，"赶明儿要是干起活来装熊我可不饶你们。"

杨六九闭上眼睛,干麦秸草的热气和香气穿透半边被子包裹着身体。他感到浑身疲软,蒙眬中又听到那大狗的叫声,睡意消逝干净,心里蹙起皱纹,眼前活活地跳动着那条大公狗,它的毛像黑色绸缎,光滑明亮,狗眼灼灼。它站在马桑镇西头那三间土坯草屋三面黄土矮墙构成的小院门口狂吠着,隔着一道紫蜡条编成的栅栏门,杨六九还是感到胆战心惊。

他躲在小院门外那丛老茶叶树稀稀朗朗的暗影里。公狗用力冲撞着堵门的栅栏,发出稀里哗啦的声响。有时,公狗后腿立起,把两只前腿扶在栅栏上,伸出狰狞的大头,狗牙明利如刃,在月下闪烁,杨六九心跳出一片声响,冷汗淋漓。他逃出茶树阴影,转到土墙与房檐交接处,手扳墙头,提起身子往里望。大公狗立即追过来,一蹿数尺高,好像要上墙,墙头上的细草刷刷地响,泥土一点点往下掉。屋子里死一般地静,灯光照着窗,窗上印着一个迷人的大影子,一动不动,仿佛在谛听什么。他抠下一块土坷垃,对准窗上的影子温柔地投过去,坷垃打得窗纸响,那影子依然不动,他压低嗓门喊一声:"大嫂!"话刚出口,就觉到狗嘴里热烘烘的气息喷到手背上,不由自主松了手,滑下墙来,听到屋门嘎吱一声响,公狗有节奏地狂吠着,有女人声在院里:"骚狗!趴着去。"这时,村里似乎有嘈杂的人语,他弯腰逃走,不顾发出沉重的脚步声。摔进了一条沟。爬上沟。跳过一条沟。像狗一样地窜进一块庄稼地里。磕磕绊绊跑了半天,蹲下大一口小一口地喘气。不是庄稼的一片葵花,粗茎大叶,正接着露水欢长。清澈如水的月光泻下来,处处都是皎洁晦暗。他通体汗湿,心撞得胸痛。听着镇子里狗叫声平息下来,才站起身,绕着大圈子,走桥过河,弯腰进窝棚。

他恨死了这条狗。狗站在女人面前,挡住他,女人站在狗后,含义不明地笑。你这个骚母狗!他暗暗地骂。白荞麦、豆腐荞麦,亲儿,你想死我啦!他恨不得咬白荞麦一口,他认为她是在耍自己的大头,要是真有意,她该把公狗拴起来呀,骚母狗!想起白荞麦那白嫩脸上淋漓的风情,他痒得百爪搔心,适才跌下墙头落荒而逃的惊惧早飞到爪哇国里去了。心里灼热像生着炭炉,对白荞麦的恨,犹如浇着热水的冰凌,淋淋漓漓地化了。

来书在马灯下说:"孙巴,你又输了,七十六支,快四盒了。我可不要九分钱一盒的,要劈拉腿放枪的。"他知道"劈拉腿放枪"是"红舞"牌香烟。"红舞"牌香烟盒上画着一个红色娘子军,穿着小裤衩,一条腿直立着,一条腿平举着,脖子挺着,胸脯绷得又高又硬,挓挲着胳膊,手里举着一支拴红绸子尾巴的盒子枪。

"你一定捣鬼了。"小孙恼怒地说。

"你怎么不当场攥住我的脖子呢?空口无凭说我捣鬼,你是输红了眼儿啦?要不要我让你两盘?"来书说。

"再赌!谁要你让。"小孙说着,用两只手黏滞地洗牌,来书动了一下,挡住了他的视线。

那白荞麦嗓子颤颤悠悠的,一个字出口要拐上二十八道弯,走起路来腰拧得像麻花一样,两瓣屁股像两个塞饱了肉馅的水饺,脸上鼓鼓着两个红腮帮子,一口糯米银牙,只有两个门牙是鸭蛋青色的,这两个牙生得奇怪,马生犄角牛孵蛋。半个月前,她一出现在筑路工地上,就把杨六九的魂儿勾走了。

杨六九躺着似睡非睡,身子飘起来,或重如泰山,或轻如鸿毛。按照某个刁钻古怪儿说的降狗法术,他烧熟了一个萝卜,放到冰水里浸一下,提着萝卜尾巴,躲躲闪闪地来到白荞麦家的黄土墙外,隐身茶树丛中,故意发声逗狗,黑狗狂吠狂跳,他把萝卜扔到狗嘴边,狗怒咬萝卜，便摘不下嘴来了。狗牙粘在热萝卜里，全部烫掉，痛得个杂种遍地打滚。他大模大样地进院子，对着躺在墙角上翻白眼的黑狗吐了一口痰。他高叫亲亲肉肉荞麦妹妹开门迎接情郎哥哥杨六九，准备着吐吐纳纳，云云雨雨，与你做成了一处。白荞麦把门开开，全身白得滑溜，像一条白鳝鱼。他伸手去抱，白荞麦从腰间摸出一把乌黑的剪刀，双眼圆睁，柳眉倒竖，杨六九呀，你这大胆的贼子，赔我的狗来！……

杨六九一惊而起，浑身冷汗津津，见黑被子上稀稀落落地亮着几点月光，八隆河里呜咽的水声亲切可人，马桑镇上传来那大狗深沉的叫声。原来是南柯一梦。孙巴和来书还在马灯光下摸三十一点赌烟卷。他懒得说他们，都是一样的人，谁愿意干什么就干什么，趁着郭司令进城去办事。也许郭司令就不回来了，那他就要永远领导这个筑路队了。想到此他感到害怕，这条路要筑到哪里去，筑到何年何月，筑起来干什么，是跑飞机还是跑火车，他和筑路工们都不知道，也许郭司令知道。一年前他被那个女人吓破了苦胆，逃离家乡来筑路，天下大乱，干到哪天算哪天。这个碱土荒原大得没个边涯，太阳刚出时，照得碱土如雪。也不知哪路神仙把筑路的木桩早就定好了，好像几十年前就定好的。木桩子都有些朽，漆写的红字都黯淡了。大家沿着那木桩只管修。郭司令剑眉虎目，肩膀倾斜。不知又有什么新政策下来，只知道他要去县城平反，他原先是指挥红卫兵的司令。郭司令临行时说：杨六九，我走后，你代理筑路队长，谁敢偷懒磨滑就给我狠揍。这一段路修得好。离施工点远了，明天就搬家，搬到马桑镇后去。当时他说：郭司令，我杨六九紧跟您干革命。郭司令说：王八蛋一个。

筑路队在马桑镇后安营扎寨。杨六九一大早就把郭司令传给他的铁哨子吹得尖响。筑路工睡眼惺忪地起来，眼睛半睁半闭着喝玉米面糊子，啃玉米面大窝头，就着腌萝卜疙瘩。吃饱了喝足了，七长八短地走向工地，有人高唱：忽听到张老九要俺改嫁，这件事难坏了虎儿的妈。有人深深地打个哈欠，伸展懒腰，生锈的骨节克啷克啷地响。杨六九新官上任，脖上悬着哨子，挺不自在地在工地转了一圈，说几句不咸不淡的话，便悠悠逛逛到伙房窝棚。伙房窝棚在住宿窝棚西南二十米处，向北开着一个大洞。杨六九站在伙房洞口回望工地，见筑路工们全都弯着腰下死劲干活。那天的活儿是挖土修路坯子，一方方黑土像老鸹一样从沟里往应该是路的地方飞。来书是个使锹的好手，他那张铁锹秀气得像个挖耳勺，轻马快刀，把一张锹使得飒飒生风。筑路队三十几个人都在挖土，黑土像群鸦一样往应该是路的地方飞。杨六九听人说这儿是个古战场，韩信和项羽在这儿打过大仗，杀得尸横遍野血流成河。筑路工挖出过锈蚀的铜剑和乌黑的陶罐。他感到当官确实胜过为民，代理队长也可以倒背着手不挖土。

炊事员老刘不在，伙房里烂糟糟的，一股股的霉味和酸味扑鼻。老刘不知从哪里捡来的那条独眼小狗在灶旁歪着头叫了两声。"独眼，你想咬我吗？"他说。

炊事员老刘罗锅着腰担着两桶水从河堤上飞一般下来，马桑河堤高陡，老刘立脚不稳，冲到杨六九面前。

"老刘，你该去镇上买点儿肉来给大家改善，多少日子没沾荤腥，拉屎都不溜脱啦。"

刘罗锅挑着水进窝棚，面孔与地面呈一个很小的锐角，两道目光从下边低低地射上来，扫了杨六九一脸冷灰。老刘不说话，脖子前伸着，像老公鸡一样进了伙房。杨六九在后边跟着，看到他扁担不下肩就把两桶水倒进了大水缸。缸里水光潋滟，映出一片苇席。缸里的水伸着舌头，几道水流溢出缸唇。还剩下半桶水，缸里倒不下，老刘就把它倒进锅里。锅里焦煳着一层锅巴，水把锅巴泡得酥响,并吐出一串串小气泡。

"老刘,你讲讲卫生,把这锅好好涮涮。"杨六九说。

老刘拉过一柄大铁铲,递给杨六九,闷声闷气地说:"你来吧。"

"我要你干呢!"杨六九说。

老刘抬头时连背也抬起来,盯着杨六九,忽发一声奇笑,竟如鸱鸮夜啼一般严肃。杨六九吃了一惊,倒退半步,惊视着老头儿在一瞬间变得年轻了许多的脸,心里隐隐似有刺扎着。其实无法猜测老头的年龄,他双眼极有神采,虽是驼背,但手脚麻利得要死。他把一扇笼屉搬上锅,铺上一块焦黄的湿布,手抓湿面如鸡啄米粒,那一个个拳大的窝窝头便飞一般地往笼屉上蹦。

"你笑什么?"杨六九惊魂未定地问。刘罗锅只顾做窝窝头,好像没听到他的问话。杨六九抚摸着挂在脖子上的铁哨子,又说:"知道不,老刘,我奉郭司令之命代理筑路队长呢,你可要弄点好的给我吃。"他蹲到刘罗锅用棍子支起的木板铺前,用力捶两下铺,一腚坐上去,木板铺咯咯吱吱地叫着。"老罗锅,你的待遇比我这个代理队长还高,我要去钻窝棚滚草窝子,你老儿子睡单间房木板床,好汤好饭先由你吃够,饿不死米仓里的耗子就饿不死你。"杨六九倚在老刘的铺上,絮絮叨叨地说。老刘马不停蹄地制造窝窝头,又去择一堆老得结了蒺藜的菠菜,像架机器。杨六九的话变成毫无意义的自言自语,越说越寡淡,终于休歇。他有些迷迷糊糊,觉到柔软的西南风正从八隆河对岸吹过来,席棚也挡不住风里挟带的稼禾苦香。他唱:呀呀呀呀好一派北国风光哪。

"师傅,要不要豆腐?"正唱着,忽听见窝棚外一个女人在问话,"豆腐喽,师傅,买豆腐喽。"

杨六九歪在刘罗锅铺上,看到那女人脖颈之下肥滚滚的身体,爱得垂涎,不由自主地腾身下铺,踩着老刘摘下的破烂菠菜茎叶,钻出了伙房。那女人侧面对着阳光,两只眼睛蓝汪汪的,像小母牛一样撩人。杨六九用眼睛剥掉了女人印着白菊花图案的淡绿色褂子,听到自己耳朵里嗡嗡响,感到热血一股股往脸上冲。

"师傅,要豆腐吗?"

"我不是师傅,我是筑路队的队长。"

"哟,队长呀!您看看俺的豆腐,又白又嫩,还有筋骨,经得起煎,经得起炒,掉到地上都摔不破。"女人是挑着挑子来的,说着话,她弯着腰掀起盖豆腐的蚊帐布,托起一方,在手掌上颠簸着,豆腐在她手上呱唧呱唧响着哆嗦。

"不酸吗？"杨六九眼睛迷离着问。

"不酸，队长。"

"这么白嫩的豆腐怎么会不酸？"

"队长，酸了不要钱，要不信我切一块让您老人家尝尝。"女人从挑子上抽出一把雪亮的刀子来，切了一角豆腐，用刀尖挑着，送到杨六九面前。

"你让我尝吗？你？"

那女人眼珠子转了转，嘴角浮起两片笑，憨态可掬地说："队长您可真会开玩笑，豆腐都送到您嘴边了，还说俺不让您尝。"

杨六九一低头，把那块豆腐吞了，黄色的牙齿上沾着星星点点的白豆腐渣，卷唇一笑说："好酸！"

"您说酸就酸，队长是金口玉牙。"

"真的吗？你要个价吧！"

"用黄豆换是一斤黄豆两斤豆腐，用钱买是一斤豆腐两毛五分钱。"

"太贵了。"

"我的大哥队长哟！俺一个妇道人家，做点豆腐不是容易的，您多少也得让俺赚俩辛苦钱。"

"一斤两毛吧。"

"工人阶级领导一切,您还差那三分五分的钱?您指头缝里漏漏就够俺打壶酱油,买斤咸盐。"

"看你一张甜嘴招人爱,两毛五就两毛五,老刘,老刘,出来买豆腐,一挑子我们全包了。"

老刘出来,像木人一样,杨六九让他找杆秤把豆腐称称,女人说:"不用称,一挑子四十斤,光多不少,老大叔,不用称。"

杨六九帮女人把豆腐搬进伙房,女人跟在他身后,磨磨蹭蹭地说:"大哥头上一棵草。"她伸手把杨六九蓬乱的头发上沾着的一棵麦秸草摘下来,用两个指头捏着,一口气吹掉,然后开颜一笑,一张脸像熟裂了的红石榴。杨六九狠狠地瞪了女人一眼,就催着老刘开箱付款。老刘不情愿地从铺下拖出一个生满红锈的铁匣子,从腰带上解下一把黄澄澄的大钥匙,抖颤颤地开了铁匣上的大铜锁,数出一堆油滋滋的毛票。那女人手指沾着唾沫,一张张地数,数了两遍,把钱包在一块手帕里,说:"大叔,大哥,您明儿个还吃豆腐吧,俺送货上门。"杨六九说:"你送来就是。"

女人走了,杨六九一直目送她上了河堤,风过,女人的衣服像蝴蝶翅膀一样在身上飘动。老刘又是一声奇笑,杨六九不敢直视他阴鸷的目光,便蹲下去摘菠菜的黄叶。仅摘了一棵,他就跳出窝棚,吹响了哨子。在哨声中,筑路工们直腰发愣,他又高呼:休息半点钟——休息半点钟。筑路工们听到他喊,便放下铁锹,有尿的就地撒尿,会抽烟的蹲下抽烟,不会抽烟的就地躺下,让阳光晒进鼻孔。

他正要去工地上转转,却见那卖豆腐的女人又来了。豆腐女人身后,紧跟着一个年龄在十八九岁左右的姑娘。姑娘细高挑儿,脸上有一种招人怜的凄惨神色。她的衣服上补满补丁,但洗得很干净,杨六九怀疑她是戏中的人物下了凡。

豆腐女人老远就打招呼,说回家路上碰到这姑娘要来卖韭菜支援工人老大哥,吃了韭菜快快筑路。她怕见生人,娘在炕上病着,一个一个地等着钱用。她家的韭菜长得好,她白天黑夜地从八隆河里挑水浇园,肩上压脱了十五层皮,这旱得出火的年头,长出这一掐冒白水的嫩韭菜不是件容易事,你们就买了这篓子韭菜吧。

杨六九说:"不行了,有了菠菜啦。"

豆腐女人说:"菠菜炒豆腐,豆腐要变苦,菠菜要变涩,还是韭菜好,绿韭菜白豆腐,搭配在一起,让人看看都眼馋。"

"老刘,买吗?"杨六九问。没听到应声,回头看见罗锅老刘把腰用力抬着,一双眼盯着姑娘,脸上皱纹挤成团,激动得化不开。

"买,买……"老刘低下头去,像是要哭的孩子一样,嗓子紧得说不好话。

"回秀,谢谢叔叔大爷。"豆腐女人教导着姑娘。

姑娘低眉顺眼地说:"谢谢叔叔大爷。"

老刘开铁匣子时,那柄大钥匙抖得厉害,怎么都塞不进锁眼里去。

第二天那女人又来卖豆腐,那姑娘又来卖韭菜。杨六九与豆腐女人磨牙斗嘴,那女人若即若离,一会儿装憨,一会儿又拿话来挑。杨六九被她撩拨得如同拉开的弓箭,触之即发。豆腐女人姓白名荞麦,家住马桑镇西头第一户。杨六九问她有没有男人,她说男人在部队里当营长,吓得杨六九烟飞火灭,那女人又笑嘻嘻地说男人开着飞机跑到台湾去了,杨六九说你是在守活寡啦,她长叹一声说就是守活寡。

刘罗锅子盯着回秀姑娘,脸上的表情令人害怕。这老家伙,也是贼心不退,老有少心活该死……

两只蟋蟀在窝棚的边角上吐噜吐噜地叫着,孙巴和来书还在马灯下兴致勃勃地赌牌。一连十几天韭菜豆腐，筑路工们吃出了一些名堂。前天，白荞麦豆腐挑子后边跟夹了一条黑毛大公狗，它满怀敌意地看着杨六九。小孙到伙房里找水喝，狗见了他就把颈毛直立起来，后腿上的肌肉绷得紧紧的，呜呜地低鸣着发威风，小孙轻蔑地看着大黑狗，没一点胆怯的意思。杨六九听人风言风语地说过，这小孙是个偷狗贼，牛也偷，马也偷。看他那模样像个没及长大就老了的孩子。这个筑路队里没个好人，来书也不是个好东西，看他玩起牌来那股子精明劲儿。我呢？杨六九想，我是个好人吗？想起那个死女人他就感到毛骨悚然，难道真是个起尸鬼？也许我救了她一条命，这种事古来就有。都是让穷给逼的，要不谁肯去干这种事。郭司令更不是个玩意儿。小孙前天说：杨六九，你被那肥女人迷住了，我被那条肥公狗迷住了，只要你敢做主，我就弄来它煮了。他说：你这个熊样儿，这条狼一样的狗不活撕了你才怪。小孙说：老虎我也能钓来。众人都笑。来书说：杨六九，你拿着大伙的钱买路，你吃那女人的白肉，让我们吃豆腐。

"还要不要牌啦？"小孙说。

杨六九把身一翻，侧面向西，从来书偏到北侧的背闪出来的空间里，看到了小孙那张得意扬扬的脸。

"还要不要啦？"小孙的脸辉煌生动，两只间距很小的黑眼睛挤在一起，使他的脸上表情如一只喜欢溜墙根的疯疯傻傻的小公狗。

"要一张。"来书身子一晃动，把小孙的脸遮了一半，射进窝棚的灯光在杨六九面上交剪了一下。来书背又北移，小孙又露出脸。从小孙的脸上，杨六九看到了来书狡诈阴沉的目光，小孙的目光随着来书的脸走。来书脖子前探，像一匹在河里饮水的马。杨六九看到有一只手，在来书背后闪了一下。来书的身体纹丝不动，脖子依然前探，好像在审视着什么。

小孙说："还要不要了？"

来书说："不要了，亮牌吧！"

小孙急不可耐地把牌亮出来，说："三十一点！难道你也抓了三十一点？"

来书盯着小孙的牌认真地看，杨六九看到来书背后又有一只手闪动了一下。来书说："你咋呼什么？抓个三十一点有什么难？你数数我的牌！"来书肩膀一抖，把牌摔在小孙面前。

"7，7，8，1，1，4，3，"来书说，"你算算多少点？三十一点，和牌。你这臭手，到哪里来赢牌，和了就算让你。"

小孙的嘴一咧一咧得像要哭。他低头看牌，抬头看来书。

"你记清楚，四盒零八支啦。"

来书话音刚落，杨六九就见小孙青蛙般耸身前跳，传来拳头打在脸上的沉闷声响。来书怪叫一声，捂着脸仰倒在乱鞋当中。小孙掀着他的大腿。从他屁股下掏出两张牌，嘴里嚷一通荤话，仇恨难以平息，又扑到来书身上，乱撕乱抓，骂声不绝。来书猛一个翻身，抖掉小孙站起来，头撞窝棚肋条，马灯晃动，黄光扫荡。来书弓着腰，抓住小孙，小孙也抓住来书，两个瘦人纠缠成一团，像盘结在一起的蛇。

杨六九赤裸裸地跳起来，踩得窝棚里鬼哭狼嚎。西侧那半窝棚里也有人惊醒，都在嘈嘈切切地叫骂。杨六九蹿到马灯下，弯腰踢着缠成一团虚虚实实地翻动着的孙巴和来书，也不知踢得谁重。忽听来书惨叫一声，像刀子捅进了腹。一盘蛇开了，来书的长身子弯曲成对虾，脸色蜡黄。小孙目光炯炯地蹲着，嘴里流着黑血，一只胳膊却直插进来书裤裆里，攥着来书的要害，来书憋得直翻白眼。杨六九用力把小孙打倒，剥开那只手，来书获得解放像条死蛇一样摆在鞋里，身体短了不少。

杨六九插在他们中间，说："快他妈的困觉，等郭司令回来宰了你们。"

筑路工都醒了,骂声如潮。一个个弯腰出棚洒水,回来还骂。伙房里那匹独眼小狗汪汪地叫,显得滑稽可笑。杨六九心里一动,说:"小孙,你和来书把大家伙吵醒了,要你们立功赎罪。"

两个瘦人斗鸡般互相看着。

"去把那条大黑狗弄来,给大家油油肠子。"杨六九说。

窝棚里一片喜声,齐齐地夸小孙。

小孙说:"要去老子一个人去,不跟这个老奸鬼做一路。"

来书说:"吹你娘的臊皮。"

"小孙只会吹,早就听说你偷鸡摸狗有绝招,狗毛鸡毛都没见你弄一根回来。"

小孙向黑暗中人轻蔑地一嗤鼻子,说:"杨头,你敢保证吃了狗肉都不向郭司令汇报?"

"谁会那样没良心?你只管去。"

"去吧。"

小孙爬进窝棚,拿出一包东西塞进腰里,说:"杨头,你陪我去伙房拿点东西。"

杨六九穿上裤子,光着背,钻出窝棚,小孙跟在他身后，小狼一样，两只眼一闪一闪地发绿光。钻进伙房，杨六九摸火点着灯，看到刘罗锅幽灵般的眼睛正明亮着，便说："老刘，别吱声，让小孙去为大伙办点好事。小孙你要什么？"

小孙说："早晨吃的油条。"

"油条还有吗？老刘？"杨六九问。

"滚！"老刘说。

"别火，老刘，大家都是一路货，趁着郭司令不在，能干什么就干什么吧，你也别假装正经。"杨六九说着，把吊在窝棚壁上那个铁桶摘下，摸出一根油条给小孙。

小孙说："杨头，我是去干活，要先喂饱肚子。"他伸手进桶，抓了两大把油条，说："等着吃狗肉吧。"

月光照得遍地皎洁，那匹大狗在河南岸那个小院里，梦呓一样叫着。小孙跑上河堤，脚下悄无声息，一会儿就不见了踪影。

三

自从见了那瘦骨伶仃的回秀姑娘，刘罗锅子就觉得脑袋里出了毛病，就像那年在东北大森林中错吃了一种金黄色的蘑菇，千千万万的幻象和念头蝗虫一样袭来，咬得他遍体伤痕，心如蜂巢，处处漏血进气。他感到一举手一投足都失去了准确感，手脚都像借了别人的安在自己身上。缸里的水沸沸流流，锅里的水滚成岩浆，锅沿上留下铲子都抢不掉的白色污渍，笼屉糊了，窝头生了，豆腐炒韭菜咸得不敢进口，筑路工说他把卖盐的打死了，说他的魂被狐狸精勾走了。杨六九提醒他不要癞蛤蟆想吃天鹅肉，勾引白荞麦这样的半老婆子还情有可原，勾引回秀这样的可怜巴巴的黄花姑娘是年轻小伙子的任务，老胡羊吃嫩草，该当千刀万剐。刘罗锅的心被杨六九的话划了一刀，流着盐水一样浑浊的血，他举起菜刀向杨六九砍去，杨六九抱头逃命。

回秀姑娘的皮色、身腰、细长而忧伤的眼睛都是那么样得像煞了一个人。她一出现在窝棚门口，他就如中了枪子儿、挨了闷棍儿，混混沌沌，觉得土地都倾斜了，紧接着就有一股灼热的气流上冲头顶。杨六九和高乳肥臀的白荞麦打情骂俏，卖韭菜的回秀姑娘在阳光下像火把一样燃烧着，他被烤得毛发焦枯，眼珠凝固。卖韭菜姑娘非常像他的带着女儿跟人跑了的老婆。当年为了查找老婆，他跑遍了三个县，后来找到了。他记不清那个村子是不是叫马桑镇，那时候是提心吊胆，被人赶得凄惶，好像落荒的走狗……

杨六九走时没掩那扇用一张苇席四根木棍绑成的门，伙房窝棚不规则的门口像个缺齿的大嘴敞开着。从窝棚南壁那两个拳大的破洞里，射进两大道月光，一道落在他的胸口，一道落在地上，照明了小狗的脑袋。小狗蜷伏着，睡睡醒醒，不时哼哼几声，好像怀念狗娘。弓腰使他无法仰卧，他侧卧着。忘却多年的情景历历出现在眼前，睁着眼能看到，闭着眼看得更清楚。

那时，他还是个三十岁刚出头的年轻人，闯关东回来，攒下了五百元钱，也算买也算娶了一个十八岁的俊俏姑娘。娶来的姑娘紧锁眉头，脸上无笑容。那时他的腰就有点儿弯了，在长白山抬大木头压的，压得脊椎骨都"咔吧咔吧"响。他知道自己年龄大模样不强，委屈了这个漂亮姑娘，便千方百计地俯就抚慰，天长日久，鹅卵蛋子石头也被他焐热了，孵出小鹅来了。她为他生了个女孩，干巴得像个木头棍一样的一个女孩，起名叫鲤嫚，因为女人分娩那天他在河里用三股叉叉到一条四斤三两重的鲤鱼，用鲤鱼熬了一锅鱼汤给生孩子生累了的女人喝。有了孩子，女人脸上渐渐见笑。他是干过重活的人，手脚强健得出名，他把老婆孩子像金丝雀一样养在笼里，风吹不到雨淋不着，女人奶着娃子，胸脯见高了，脸上身上都长肉。他说，鲤她娘呀，你要给我生个儿子呀！女人不回答，笑嘻嘻地看着孩子在怀中吃奶。有时，她故意把奶头扯出，娃娃就急匆匆地乱拱乱拱……回秀像她，跟她出嫁时难辨真假，也是瘦高挑儿，脸上犹犹豫豫的让人看着可怜。一转眼就是一十八年，鲤嫚活着也该有这么大啦。天下事，一台戏，也许就是亲闺女来了？做梦吧！背运的刘罗锅子你休做美梦！那个村子不叫马桑镇，也没记得村后有条八隆河。县份倒是对，离他的家四百多里。那时候天下一家，走到哪儿吃到哪儿，吃饭不要钱，粮食遍地。他从黄豆地里跑过时，焦干的豆粒从豆荚中"噼噼啪啪"爆出，豆粒迸得老高老远……鲤嫚的肚脐下边有块指甲盖那么大的黑痣。人说，女人身上要是没痣没痦子就是个骡子。老婆背上有七个痦子，她跟他好那阵儿说，她生来就是个吃苦的命，七个痦子要她天天背着，"人背痦子，穿不上裤子；痦子背人，骡马成群"……

那道月光不知什么时候从胸口移到他的脸上，顺着光道看去，月中阴影如树，眼睛里感到冰一样的凉。后半夜的荒原把白天蓄积的那点热度挥霍光了，碱土的腥味儿愈加重浊，河水呜呜咽咽，像个女孩在低泣。筑路工们睡觉的窝棚里有喊喊喳喳的低语声。这群人都让清汤寡水给熬煎苦了。他也不愿意天天豆腐韭菜。杨六九天天买那女人的豆腐，他就跟着买回秀的韭菜。何况有钱也买不到肉。回秀总是跟在白荞麦身后，怯怯的像个跟脚的小狗。上级给筑路工每天补助五毛钱，不知道郭司令去哪儿领来；上级配给筑路工每天两斤玉米面二两白面，郭司令不知从哪里弄车拉来。郭司令信任他，让他卡着筑路队的钱绳子。他在长白山大森林里扛木头时就知道了男人们聚在一起的故事，后来又南山采石，北海造桥，漂流半生。那段用五百元钱买到的幸福生活一眨眼就过去了。他忘了这条路从何时筑，也不知道这条路要筑到哪里去。月光愈加清凉地冻着他的眼，他的目光顺着金光大道向上爬，又一次通到月上去，看到了那些树一样的阴影……

十八年前他被分到南山去采铁矿石一去就是三个月，去时是初夏时节，刚打完麦场，玉蜀黍偶有秀出缨缨来的。他的女人关起大门在院子里洗澡，他抱着孩子在屋里往外看。女人洗澡用一个黑瓦盆，用一条带绿格子的苏联毛巾。她用毛巾蘸了水，弯臂举到脖子后，清水顺着脊梁沟，簌簌地往下流，背上的痦子像北斗七星。水珠儿在女人滑溜的肉体上站不住，像从荷叶上往下滚，像从小鸭子背上往下滚。女孩嘴里吮着手指头，咯咯咯笑响了喉咙……他从南山回来时，山沟里的柿子叶红得像血一样艳丽，他走着山路，一闪一闪地想着女人和孩子。三个月不见，孩子会叫爹了吧。走着山路他不觉累，心里有火一样的思念催动着两条快腿。从南山到家有二百五十多里，他日头冒红起步，蹿到村头时才小半夜。中午时到一个食堂里去吃了一顿大地瓜，蹲下就吃，无人过问。那年头人都像半傻，脸上都挂着死相，人人都相识，人人都陌生。他好像在一个乱嚷嚷的大集上走，人摩肩接踵，互不相问，各自忙碌。走到村头上，他舒服地喘一口气，一撮火跑到家门，大门没了他都没看见，从门洞里跳进院子，他想和女人开个玩笑，见房门洞如一张口，房门也没有了，他这才大吃了一惊。在星光朦胧的院子里，他喊了一声鲤她娘，竟无人回答，再喊时，却有几只野猫从屋子里蹦出来上了院墙，排着队翘着尾巴上了房，在房脊上叫着徜徉。他的心凉透了，鼻子里灌满了破败院落里那种腥乎乎的淤泥气息。

鲤他娘！鲤他娘！他绝望地叫着冲进屋去，屋子里灰味重浊，潮湿的老鼠在梁头上唧唧乱叫，跳蚤像子弹往他脸上碰。他从兜里取火划着，看到屋里破破烂烂，箱柜板凳犹在，但都落上了铜钱厚的灰尘，灰尘上清晰地印着老鼠的脚印。火柴灭了，眼前黑得如墨，一只蝙蝠从门洞里飞进来，和梁头上的老鼠吵成一团。他又划着火柴，火光照见地上几块破碗的碎片，照见晾衣的线绳上悬挂着一块婴儿尿布。他找到油灯点起来，端着灯遍屋查看。他开了箱柜，他的衣服还在，女人孩子的衣服全没有了。他揭开粮缸，半缸杂粮上铺了一层鼠屎，中间有破棉絮，他挑一下棉絮，几个红色的小肉蛋蛋滚出来，吱吱细叫着在鼠屎上蠕动，他的胃紧缩了一下，一阵呕吐上了喉。他慌忙移开眼，看着立在墙角上被打去了铁头的农具。他颓然坐在地上，像一堵被大水泡酥了的墙，再也站不起来。灯盏歪倒在地上，火燃着油，油烧着地，燃成一条弯弯曲曲的小蛇，整所房子都在火中跳舞。油干火灭，黑暗罩下来，他躺在地上想，完了，家，甜蜜的家，老婆一定是熬不住青春，跟着人跑了，连孩子也抱走了。泪水沿着他的积满灰垢的脸上热乎乎的停停行行地流下去……

马桑镇西头那条熟悉的大狗又叫了一阵，紧接着照例是镇上的瘟狗应和着叫几声，之后，一切又都沉默。圆月青青白白地偏向西南方向的高天，真正是后半夜了。刘罗锅子脸上潮湿，他不敢肯定自己流了泪。十几年来，他的心被风沙抽打得粗糙坚硬，针都刺不进去，卖韭菜姑娘却轻而易举地剥掉了他心上的硬痂，使他的心纤细柔软，像刚蜕壳的蝉。他坐起来，把罗锅腰支在麦秸草编成的枕头上，点上一锅烟吸。苦苦甜甜地思想了十几天，脑袋瓜子又迷糊又清晰。那个人儿就站在面前，还是像当年那么年轻俊秀，眼泪汪汪地说：鲤她爹，不怨我呀！他一睁眼，什么都没有了，洞口空对着冰凉的碱土荒原。女人的头发搔得他面孔发痒，一双柔软的手在他胳膊上胸脯上摩挲着。一睁眼，两道月光幽幽地照亮地面，小狗眼中泪花闪烁。

他躺在家里的地上，感到身体正沿着一道裂缝往地里漏下去。他想跳起来，想挣扎，可不知道腿和胳膊到哪儿去了。他累瘫了。在跑山路蹿大道时心里想着女人孩子并不觉累，老婆孩子没了，累也袭上来，他想这样躺着死去也好。平明时分，他艰难地爬起来，像婴儿学步一样蹒跚着走出院子。村里像遭了兵变，树木都被拦腰斩断，村后几个大炉子里黑烟冲天，一群人在急急忙忙地搬动着柴草。他走进二婶家，二婶家里住满了外县口音的人。他走进六叔家，六叔家门窗拆除，屋里搭着地铺，一个昏花眼的老头儿在缝补破鞋。他终于碰到一个熟人，熟人说村里人都搬到西村去住了。他跑到西村去找老婆孩子，村里人告诉他，两个月前来了一群外县人，人群里有一个白面书生，蓝卡其制服领子上别着三个亮晶晶的回形针，胸前的口袋里插着一支自来水笔。有人看见他老婆跟那小伙子一起往东北方向走了，小伙子抱着女孩，女人跟在后边，胳膊肘上挎着一个通红的大包袱。听罢村里人一席话，他心里充满怒火，发誓要把女人抓回来，把那个胆敢拐走活人妻的小伙子砸死。他向村里领导报了案，领导让他先去南山采矿石。他应着，从食堂里包上几块干粮，拔腿走南方，走出三五里，就在丰产的苍黄荒野上拐了弯，奔着东北方向去了。他日夜兼程跑，在一条河沟里灌了一肚子凉水，啃了一块干粮。第一夜，他寻一块玉米地睡了。第二天又走出一百里，夜里又宿在野外。第三天，他突然感到到了目的地了。两天来他像猎狗一样追着味儿跑，走大路还是走小路根本来不及想，女人身上那股腥腥的奶味引着他走，女孩的哭声隐隐就在他前头响，而现在，一切都消失了。他知道到了，女人和孩子就藏在附近的村子里。赶到这里时，车轮大的红日冉冉落下，北边有土高炉，火苗子烧红了半边天，遍地流火，大地像凝结的钢铁一样严肃。两天中他看到遍野的丰产景象，熟透了的庄稼多半老在地里，路口常常碰到整包的棉花、黄豆，一堆堆的地瓜，无人管无人问。庄稼人珍惜粮食的天性使他心痛，一个个青蓝色的阴森念头在他思想的森林里闪电般亮起，一种大难临头万民涂炭的预感使他战栗不止，仿佛，他丢妻去女，不过是这场灾难的前奏。日头落山了。前面这个村庄里只有两只大烟囱在冒炊烟。烟囱是用红砖砌成，最上头收口处是一根瓷管子，酱紫的颜色，焦黄色的浓烟黏滞地涌出，没有风，烟柱拔起数十米高方散开，像两棵并着长高的钻天鱼鳞松。他知道村里尚未开饭，他可以进村等吃饭，无人收他的饭票。他不敢进村显影，钻进一块玉米地里，从肩头上卸下包袱，铺在地上。两个干巴窝窝头的洞眼里已经有了些馊气。他从窝窝头洞眼上拿下鼻子，又嗅到在干枯的玉米秸秆味道中有鲜鲜的葱韭气息。趁着紫色的天光巡睃，果然在一株玉米根旁发现几墩野胡蒜。他小心翼翼地连根拔起，野胡蒜茎叶嫩绿，蒜头儿有花生米大小。抖抖土，择出几棵，就着窝窝头他有滋有味地吞咽。玉米早就老熟了，玉米棒子一律垂头挂着，缨缨络络都干燥成死人胡须毛发一样的东西。一阵微风吹过，使玉米林里喊喊喳喳地疯响。吃过两个窝窝头，他还是觉得腹里上空下洞，中若无物。顺手撕下一个棒子，剥开皮，用指甲掐掐籽粒，早干成铁豆子一样，无法再生吃。他在玉米地里躺着，一勾新月出来又进去。星光闪烁，寒露成霜。他只穿一件破烂单衣，冷得牙齿打战，只好起来活动着取暖。他走出玉米林，望见路边有一个黑乎乎大物，悄悄地靠了前，原来是废弃的破砖窑。窑周围丛生着衰败的野草，一些半截砖头磕磕绊绊地碰着他的脚趾。他正要进窑里去避寒，忽听到里边传出抽抽搭搭的哭声。他吃惊不浅，立住脚，蹲下去，一动也不敢动。秋风一缕缕吹过，植物瑟瑟地响着，星星亮得出刺。窑里哭声清晰，是个女子。他心里狐疑惊惧，听到一个压低了的男人语声："别哭了，妹子。"后来他想，那女人也许叫"麦子"，这地方的人"麦"、"妹"叫成一个腔口。那女人却哭得更加响亮起来，吸溜吸溜像喝汤一样。"咱们跑了吧。"那男子说。"跑到哪里去？"女人带着哭腔问。"下关东！""没盘缠。""咱爬火车。""我害怕，听人说东北有熊瞎子舔人。""你就知道怕、怕，不跑，甘心嫁给他？""俺娘花了人家的钱，我要是跑了，他们会把俺娘打死。""那你说怎么办？""我嫁给他，咱俩偷着相好。""我不愿意这样，这样担惊受怕，到什么时候算个头？""那么，哥，咱一块死了吧。""怎么死?""喝毒药,我带来了毒药。""不,不,妹子,咱还是跑吧。""我不跑。""非要死……死就死吧……"那男子哈哈笑几声,就呜呜地哭起来……他摸出一块砖头,想扔进窑里去惊醒这对迷了心的鸳鸯,但又怕砖头进了窑,惊不醒鸳鸯倒砸死个情种,便放下砖头,用力挖起一把掺杂着煤渣子的干土,对着窑口摔进去。细土唰唰拉拉进窑去,窑里的哭声戛然止住。一会儿,两条黑影从窑里一前一后钻出来……

多少年后,他还常常想起这把土。这种事一辈子碰不上几次。两个年轻人走后,他钻进了那个破窑洞,摸摸索索地寻到一块麦草编成的苫头,苫头上似乎还留着年轻人体温。他铺着苫头睡着了。睡得全身僵硬,醒来时已是红日照遍窑壁。他出了破窑,寻一块靠近道路的高粱地钻进去,蹲下,等待着机会。路上过去了几个成年人,他没敢出头。后来,他看到从村子里走出来一男一女两个孩子,女孩子牵着一只黑山羊,跳跳蹦蹦往这儿走。男孩背着一个花眼的篓子,手里提一把弯弯的镰刀,一边走,一边洪亮地歌唱:"马桑镇,三里长,范西路相好着霞她娘,霞她爹是头老绵羊,咿呀哎嗨哟——马桑镇,二里宽,范西路搂着霞她娘的肩,霞她爹好心酸,咿呀哎嗨哟——"他从高粱地里一跳出来,男孩子把没唱完的野歌子咽到肚里去,退后半步。女孩子叫一声,松了羊缰绳。黑山羊伸头吃着路边的黄草。"小孩,去放羊?""我割草,妹妹放羊。""都大同社会了,还放什么羊?""我爹爹是社长。""噢,社长家的羊。"他从高粱棵上撕下一个绿色尚未褪尽的小叶子递给山羊,山羊好奇地闻闻他的手,把叶子从他手里抽去,嚓嚓地吃下去。男孩问:"你是干什么的?""我是炼钢铁的。""你像个狗特务。"男孩说。"你长大了是一个好兵,去解放台湾。"他讨好地说。女孩说:"嘀嘀嗒,嘀嘀嗒,北京来电话,要我去当兵,我还没长大,等我长大啦,台湾解放啦。"他说:"解放不了,等着你呢。""春儿,走。"男孩说。他说:"小孩,慢走,我跟你打听个人——你们村里,有一个瘦瘦的女人吗?带着一个瘦瘦的小女孩,两个多月前从外地来的。""我不知道。"男孩摇摇头,狡黠地说。"我知道!"女孩说。"小春!"男孩喊。"那个女孩叫鲤鱼!"女孩说。"小春,你又多说话。"男孩说。他从烟口袋上撕下一个滑石猴递给男孩,说:"小兄弟,告诉我,我是公安局的,那个女人是特务,你告诉我她住在哪儿。"男孩畏畏缩缩地接了滑石猴,说:"你别跟人说是我说的,啊,她住在伙房后边,门前有个大水湾，湾里有水，俺娘在湾里洗碗时常跟她说话呢，俺娘让我们叫她小婶婶。"

他缩进高粱地，兴奋得毛发直立，恨不得插翅飞进村里……

忽听到窝棚外杂沓的脚步声如群牛出栏，他歪歪头，看见几十个人影子在地上交叉成一片黑白错落的花样，一个小精灵扯着一根银光闪闪的丝线，丝线连着那匹大黑狗。

刘罗锅下了铺，趿拉着鞋走出窝棚。小孙牵着狗过来了，众人激动得用力呼吸。小孙手里银亮的线儿一松，毛色鲜亮的大黑狗便跳起来，四爪腾空，腹下的白毛亮得像一道电。小孙机灵地一拐弯，狗扑空落地。小孙又把丝线扯紧，狗仰起头，从肚子里吐出啊呜啊呜的低鸣。狗如吞食了苦药的孩子在呻吟。

"来呀，他娘的，你们来打呀，打死它。"小孙尖尖地喊叫着。

"快去抄家什！"杨六九喊一声，人群散开。纷纷跑动，拿来了铁锹、十字镐，重新聚拢。

"围成圆圈！"杨六九说，"别让狗日的跑了。"

几十个人端着铁器，慢慢地往里逼，小孙松着丝线，退出圈外。狗蹲坐在地上，伸着脖子，尾巴愤怒地扫着地上的碱土和月光。那两只痛苦的狗眼里绿光如磷，脊上的狗毛像浪头一样翻滚着。圈子渐渐收小，人们都小心翼翼地挪步，都等着有人打第一下。狗哀鸣不止，使人心软。它对着一个个高大的身影颤抖着，愤怒又使它跃起，它的前爪触到一块胶泥般的肉，便着力一撕，一个人鬼叫一声，翻滚着去了。狗回头又向另一个人扑去，腾空而起时那根连接着它的咽喉的银线又拽紧了，它在空中缩起了身子，重重地跌在地上，就在它落地的瞬间，狗头上一道暗影带着尖啸飞下来，紧接着响起铁器击碎头骨的闷声。空气中弥漫开血腥气。那个被狗撕了的男人在一边哼哼唧唧，杨六九说："你个笨蛋！"

小孙蹲在人圈外，像个黑黑的小坟头。那根丝线弯弯曲曲地把他和死在地上的黑狗联系在一起……

他不顾一切地想立即就扑进村子里去，把老婆孩子抢出来，把那胸前插钢笔的小伙子打成残废，省了他再去勾引人家妻女。空中盘旋飞翔鸣叫着的鸟儿把一摊热乎乎的粪便黑白分明地丢在他的脖子上。他仰起眼来，透过高粱叶子缝隙往上看，牙齿像咬着鸟头一样用力咀嚼。鸟儿欢唱着奔向青天白日，在澄澈的大气中变得焦黄如弹丸。鸟儿飞走后，他撕一个叶子擦去脖子上的鸟屎，心里的怒潮稍稍平息。抽一锅旱烟，捆扎紧鞋带子，又把腰带使劲煞了煞。他恍然觉得自己的腰只剩下一把粗细，肚子里却鼓鼓胀胀，不知道饿滋味。田野疏疏朗朗地有干活的人，他沉住气，对着村子正中那两根红砖烟囱走去。

村子里寂静和平，村后的土高炉里响着火声和一浪高一浪低的人呼。这村里还有些树活得黄叶凋零，尚有鸡狗在走动。在烟囱后边有一个蚌壳状的大水湾，湾里生着几墩蒲草，嫩黄色的叶子折倒在水里沤着，中心的绿叶还紧硬地挺着，几枝蜡烛状的橙色蒲棰指着青天。他察看地势，沿着湾边走，偶一低头，见水中一个瘦如猿猴，知是自己脱了人形，心中一阵酸楚。湾里水清澈见底，水底沉着厚厚一层米粒，黏黏糊糊的像蛤蟆的卵块。从伙房里出来两个中年妇女。

他硬硬头皮，拐出墙角，走到两个女人面前，问："两位大嫂，借光啦！有一个外县来的女人，家住哪儿？"两个女人面面相觑，一个瘦脸的摇摇头，说："不知道。"两个女人转身就走。走在后边那个女人扎一个小髻，半大解放脚，面孔很善，回头对他使个眼色，向湾子北面那个垒着间小门楼的院子噘了噘嘴巴。他登时明白了，闪身墙角去，待两个女人拐弯进伙房，便几步蹿到那个小门楼前，推一把门，门是闩着的推不开。打量了一眼院墙见只有人头多高，便伸手攀住，将身一提，就上了墙头，扑通跳进院子，立脚未稳，就听到屋子里有孩子的笑声，继而听到女人的笑声。他感到有一柄锋利的剃头刀子把胸膛划开了，身体浸泡在黏稠的黑血里。他像在浑水中游泳一样费力地往屋里冲，薄薄的门板在肩膀两边响亮地分开。他一眼就看到曾经是他的女人现在是别人的女人在炕上跟女儿打着滚嬉戏。三个月不见，她好像更俊俏了。女人定了一瞬，面孔像电光中的云朵一样抖动着。他的眼睛寻找着那个脖领上别回形针的小伙子，没有。他跳上炕，揪住女人的长发用力一带，她就躺在地下了。"跟我走！"他压住声音吼。"不，你这个野狗！"女人恨恨地说。"走不走？不走我就杀了你！""你杀吧，你杀了我吧！"这时他听到急促的打门声，便对准女人的腹部踩了一脚，她的腹柔软得似乎拔脚不出。女人惨叫一声滚到桌子底下去了。他从炕上搊起一条被单子，把哇哇哭叫的女孩用被单包住往腋下一夹，出门时顺手从灶旁捞起一张掏灰耙，闪到大门后，听到擂鼓般的打门声，看着大门在撞击中哐哐响动。门哗啷大开，那个果然眉清目秀的青年率先跌进来，他举起掏灰耙，对准白净的面皮砍过去。他听到沉闷的肉响，俊俏青年捂着脸嚎到一边去。门外一群七粗八细的身体挡着他，他挥舞着掏灰耙冲上去，人群往两边张开，他从中蹿出，两边的房屋树木都旋转着向他倾斜……

"老刘，起来帮忙呀！等会儿狗肉熟了你吃不吃？"杨六九说。

来书把死狗吊在窝棚立柱上。这条狗死后更显得高大健美。它的粗尾巴像扫帚一样戳着地，白眼珠子翻着，嘴里是白土黄泥，肚皮上的白毛沾着污血。在昏昏的灯下，狗头上的裂缝里往外跳着一粒粒的血珠，艳艳有樱桃红。小孙把刀在水缸的沿上翻来覆去蹭了几下子，舀勺子水冲冲刀刃，张口叼住刀背，挽了挽袖子，然后，把住狗腿，捏捏关节，把刀子在狗腿上转几圈，只手一折，狗爪子断下来，<u>丝丝缕缕地还牵连着几条白筋络</u>，用刀一划，甩手就把一只狗爪子投在地上。又伸手把住一条狗腿。片刻工夫，四只狗爪子全卸下来。大黑狗举着四条残腿，一条尾显得长大。大家都看得发呆，一齐夸小孙的好手段。小孙比准狗嘴，从下巴正中开刀，一直划到尾根，来书把划出的狗肠又塞进去，用一根生火劈柴堵住。又剥狗头皮，剥得狗眼漆黑凶险，仿佛有两道森森的凉气侵入。剥掉狗头皮，又剥狗腿皮，然后就如脱裤子一般，把张狗皮褪下来，露出了一棱一棱的狗肉腱子在狗脊的两侧，狗脊梁上的环节像一串山楂糖葫芦……

他疯跑着，胸口憋得难以出气，一些鸡在他面前上树跳墙，咯咯惊叫，后面人声嘈杂，齐喊："截住他！"跑出村头，他感到胸口的压力稍稍减弱，心脏如拳头捣着胸肋，咽喉里有一团火苗，脖子上有一道绳索。在坑坑洼洼的土路上，他的身体在跑动中颠簸着，腋下被单中包裹着的女儿像老头一样咳嗽着，被单子沉甸甸地下坠，他把被单子往上一提，感到一条小腿在腰上踢了一下，被单里的女儿发出一声嘶哑的哭。

鲤嫚！现在他还敢肯定，听到女孩的哭声时心里并没难过，两行泪却一下子涌了出来。女儿在呜呜噜噜地好像叫娘。他的腿似被乱麻缠住，跑不动了。稍一迟疑，就听得脑后喊声如炸雷一般："截住他——抓特务呀——！拿住人贩子啊——！"路前方听到喊声的人，挥舞着农具包抄过来，他扔掉掏灰耙，双手抱紧女儿，一头钻进了一片高粱地。高粱叶子利刃般地割了他眼,他像熊瞎子一样乱撞,腿把半焦干的高粱秸碰倒,绊断,脱落的高粱米雨点般四射,秫秸上的白粉下落飘扬。脚步声,碰撞声,喘息声,心跳声,追者的喊声,采食高粱米的灰鸽的惊飞声,女儿的疯哭声,汇成一支箭,把他的耳朵射穿了。

他被一棵粗壮的高粱绊倒了,怀中的孩子摔出老远,并且那么脆地响了一声,响了一声之后便无声无息。他的心一下子死了。完了!他想,完了,孩子死了!孩子死了,他不想跑了,他跪起来,膝行向前,膝下压着高粱秸。他急急地剥开被单子,模糊的眼瞳里跳进了女孩的脸又红又紫像个严霜中的柿子。他用力擦眼,眼里雾退,幻觉般发现孩子的嘴唇在哆嗦。女儿眼角上挂着两滴血,血也在哆嗦。鲤嫚鲤嫚!我的女儿。他用粗糙笨拙的手指擦去女儿眼上的两滴血,手指感觉到了血热。女儿的脸渐渐变白,嘴动鼻皱,又发出了嘶哑的哭声,从那大张开的生着八个牙齿的小嘴里。周围的高粱棵子又哗啦啦响起来,他惶恐地用大手压住女儿的嘴,女儿的小脸蛋在他手中抽搐。他的肠胃一阵痉挛,嗓子里有苦涩的东西上蹿,手不由自主地松了。他从高粱秸秆缝隙里看到几条碧绿的人腿,抢起女儿又疯跑起来。他没有力量睁眼，全不辨方位，跑得凌乱无意，腿脚如弹簧。

他又栽了一个大筋斗。什么东西重重地绊了他。他睁开眼寻找宝贝，却"啊"了一句，全身像抽了骨头般软了。在他的脚下，赤裸裸躺着一男一女。男黑女白，紧紧地搂抱着，身体辗倒了高粱。从他和她嘴里身上，散发出一股令人窒息的剧毒农药的臭气。他战战抖抖地起来，掉头就走，正如飞蛾扑火一般，与追他的人撞个满怀。他听到头上一阵风下来，上下牙咯噔咬死了。紧接着腰上又着了重重一击。一床被单从头上盖下来，白云一样舒展，通红的高粱穗子齐齐地落了地……

"老刘，起来烧火煮狗肉，你这个老混蛋，坐吃现成！"

四

工地上一大早就热闹起来，衣如飞鹑的筑路工们粗鲁地叫嚷着，一张张油嘟噜的嘴都变得轻捷灵活，一条条胳膊都紧张准确地动着，劳动卓有成效。工地上少有的欢腾。这是狗肉催的，肚里阵阵生热，胳膊上的肌肉发痒，浑身紧张，有力量无处发泄，人们流着汗，嗨嗨唷唷地从胸中往外吐着气，赤裸着的膀子上涂上太阳的光彩。

孙巴负责熬煮沥青。大家都不愿干这活，大家宁愿去拉水泥碌子，也不愿被沥青火烤死，被沥青烟熏死。郭司令在时就封孙巴为"烧锅大将"。小孙对火焰有一种说不清的依恋。他喜欢看火看烟，火与烟在他眼里变幻无穷，生出许多花样。他的一颗心在火苗上跳动，火愈旺他愈感到激动、感动，浑身痒得如生了疥癣，只有在火前烤着才舒服。烧着火看着火，他仿佛进入半昏迷状态，从他的辨别不清年龄的脸上，漾出溢出婴孩般的圣洁表情；从他的微微发黄的瞳仁里，射出一道道美丽的光线。

孙巴子连自己也不知道生于何年何月，他从记事时就感到肚里缺食，后来不缺食了几年，他吃得挺胖；后来又缺食了，他饿得很瘦。他一直瘦下来。无师自通地他学会了偷鸡钓狗，兔子不吃窝边草，村里人明知道他的底细，但都不嫌他。有一个双腿不齐的姑娘嫁给他成了他的老婆。新婚之夜，他拿着一根细铁丝，去结了冰的大水湾子里套来一只不知谁家的大白鹅回来，褪掉毛，开了膛，取了肚肠，煮熟了，捣一钵子蒜泥蘸着，与新娘一夜吃了一只鹅。吃过鹅不久,女人就怀了孕,足月后产下一个女孩,女孩出生时口里就有两颗牙。

大锅里的沥青开始融化了,嗞嗞的叫声强烈起来,满锅里有白烟跳动,断断续续,一股股上升。小孙伸出长长的铁钩子在小锅里抓挠几下,成结的沥青破碎,黄火缩一下头,声音暂停,几条强烟钻出,烟里挟带着豆粒大的火星,冲打大锅有声,很短的冲烟后,像放了一个闷炮,一团烈火便突出来,把整个大锅都包了起来。燃烧时产生的气体形成涡流在锅上旋转,火舌像风中卷动的旗帜波波地响成一片。小孙手拄炉钩子立着,弓腰咧嘴见齿,脸像黄金般端庄华贵。

爆响的火声把杨六九的目光吸了过去,他用带着敬慕的眼遥望着辉煌的偷狗英雄,禁不住发声喊:"孙巴,好样的!"

"孙巴真是好样的!"拉着压路碌子的筑路工们随着杨六九喊。

小孙在赞扬声中,微笑着看火,看烟。火和烟在他看来都是有生命有灵性的物体,与他对话交流,在他眼前咂唇咋舌,搔首弄姿。火舌像红马黄牛,烟是牛尾马鬃,下拂上扫,抓搔着轻清宇宙。烟火更像狗,像一匹矫健凶猛疯狂骁勇的大公狗。

昨天夜里，要不是那狗在他腿上咬了一口，他真不忍心毁了它。这样的狗多少年也难碰上一条，他钓住它后就想放了它。但它咬了他的腿肚子，他下了狠心。

从伙房里出来，连头也不回就上了河堤，走过桥，石桥在月下白得真像匹马。他把剩下的一根油条揣进裤兜子，同时用手按了按腰里别着的油纸包包。站起来他往镇上走，一近镇边果然就看见有三间草屋孤零零地蹲在镇子西头。他听着自己细弱的脚步声在背后跟着自己走，心里稍稍有点躁，到底是有几年不干这营生了，心中有点虚。他绕到草屋前面去，屋里已熄了灯，皎皎月光照得窗户灰白黯淡，泥墙上黄光泛泛。他在院墙外蹲下，一步步向小院门口靠拢。他一点都没听到自己这种蹲行发出了什么声音，但黑狗还是被惊动了。狗爪子把栅栏门抓得哗啦啦响，狗叫声像打鼓般空洞。镇子里的狗们尖声细嗓地跟着叫。他想不通自己为什么走到哪里遭哪里的狗咬，几年没沾狗了，身上难道还有狗腥气？也许是吃狗肉多了，狗腥气都渗到骨头里去了。黑狗狂吠不止，咆哮如虎。他早有准备，撕了半根油条扔进院子，狗扑着油条去了。狗吃油条时，他摸出那个塑料纸包剥开，一根银亮的尼龙细线在他手里抖扯着，细线的尽头拴着一个带倒刺的大鱼钩，他把半截油条套到鱼钩上。狗扑过来，口里发出乞食的和蔼低鸣，他又把半截油条扔进院子，狗欢快地追着油条划出的昏黄闪光去了。他伸手进栅栏门，心里祈祷着栅栏无锁。摘开那个铁套环，他轻轻推开歪歪扭扭的柴门，只推开一条仅能出狗的窄缝。他倒退五步，身体对着那道缝等候着。狗果然从那道缝里大模大样地伸出庞大的头，他准确地把藏着鱼钩的油条扔到狗头下，狗愉快地把油条吞了。它好像品咂滋味，频频地点着头，这时他不动，待到狗脖子抻了两抻，狗口里吐出两声咳嗽时，他把手中的尼龙线一下子扯紧了。尼龙线有五米多长，终端拴着一根光滑的小木棍，他用手握住木棍，尼龙线从他的中指和食指缝里流出来。他感到这道细线沉重的力量，心里有下意识的恐怖。他马上安慰自己，不会断的，尼龙线能经得起满满一桶水。从狗的喉咙深处传出一阵狼一样的嚎叫，他用力一顿尼龙线，狗立即哑巴了，只把一个头昂起低下，左晃右晃，像要把嘴里的舌头甩出来。他轻蔑地笑了。那个藏在油条里的鱼钩子上有两个尖锐的倒牙，挂在肉上摘都摘不下来，多少狗都因为贪这一口食而上了钩，白白地把肉给人吃了，把皮给人卖了，把骨头给人熬了胶，大狗小狗都是一样。他只有一次出于无奈才钓了一条没长成的小母狗，那狗肉囊囊的，连一点咬头都没有，那张小狗皮薄得像封窗纸，一捅一个透明的窟窿。钓了那条小狗后，他心里腻歪了好多天，好像欺负了一个小孩子一样内疚。后来他钓的都是正儿八经的大狗，但他钓过的狗都没有这条狗英俊魁梧。这条狗潇洒倜傥，叫起来有嗡嗡回响的铜钟声。

工地上阳光明媚，拉大碌子镇压路面的人全都弯腰如弓，很韧地走着，背后的绳子绷得瑟瑟抖动发出弓弦声。杨六九带头喊出吭哧吭哧的号子，像连绵延宕的沉重叹息。

狗在柴门的缝隙里摇头摇尾，愤怒地咆哮着，身上的毛抟挲着，眼睛绿着。他扯紧尼龙线，用力一拽。狗的脖子上仰，狗嘴像炮口一样朝着他的手。他用力扯着，狗不情愿地挪出来，仿佛瘦弱的钓竿上挂着一条肥胖的大鱼，他牵出黑狗，类似愚蠢地笑一笑，打量着狗脸上怒不可遏又疼痛难忍的表情。狗眼绿得出蓝火星子，狗牙上寒光闪闪。他感到一线寒冷的月光穿透肌肤进入骨髓，扯线的手指有些痉挛，灰白的脑子里生出模糊朦胧的不祥之感。他痉挛的手举着不敢懈怠，牵着黑狗倒退着走。他想到从前那些狗，只要一吞了钩，就由他像牵羊羔一样乖乖地牵走，远人看见还以为是走狗紧随着主人在漫步呢。这条黑狗使他不敢回头正走，一转身，他就感到背后的凉气彻透骨髓。他扬手抬臂牵着尼龙线，使狗头保持着斜射星月的姿势，他已经不敢直着看狗眼，胆战心惊地一步步退着走路，狗沉着冷静地一步步跟他走。他的脚后跟被绊了一下，尼龙线松了，黑狗放平了头。在一瞬间他看到狗眼亮得发蓝。狗像一条跃出水面的大乌鱼，滑到他面前。他要不是机灵地一跳笃定要被它扑倒在地。

他撩拨着锅里的沥青火，心里感到后怕。大锅里半是汩汩的沥青汁液半是漂浮在汁液之上的沥青坨子，火与烟一齐响。要不是机灵地一跳，早就被那畜生扑倒了。那样就不是狗进了众人肚子而是他自己进了狗肚子。他经常梦见自己被一群野狗撕了，心肝涂在地上，蓝色的肠拖出老远老远。尽管他机灵地一跳，黑狗锐利的爪子还是在腮上扫了一下，麻酥酥有些痛。狗在落地时，他及时地拽紧了尼龙线，用力提起来，狗的前腿离地，像鼓掌一样扑棱着。他为了腮上的狗爪子道道而用力扯紧尼龙绳，他通过射进狗嘴里的月光，似乎看到那个大鱼钩子深深地扎进狗嗓子的软骨上，狗的食道绷得像弯月一样，狗的嗓子里粘满鲜血。他知道狗一定恶心得要命，它的胃里翻滚着豆腐渣和那几截油条。狗嗝不出来，尽管它一个劲地弓腰缩颈，肿胀流血的喉管把它憋坏了，它连打嗝也不能，它只能酸溜溜地放一些屁。紧接着它蹾了稀。他的被沥青烟熏坏了的鼻子也闻到了臭狗屎的气味。他知道狗草鸡了，但仍不敢大意，依然倒退着走路，高扬着臂，让黑狗张嘴仰天对着一轮明月。他想起自己的钓狗生涯，心里涌起对这种职业的崇敬感。从前钓过的狗可编成一个狗连了。从来都是如玩笑游戏，但这次却精疲力竭，好像老戏子登台演最后一台戏。也许是想老戏子时那股淡淡的秋天般的凄凉使他松懈了手中的线，狗又趁机飞跃起来。它悟到了真理：要想解除痛苦，必须努力冲刺。它红了眼，连续扑着，不给他扯紧尼龙线的机会。他左跳右跳地躲闪着狗的袭击，矫俏的手脚勉强能跟上狗疯狂的节奏。他气喘吁吁，心脏不时地紧缩一下，心脏只要一紧缩，肝肠遍地被野狗争食的情景就闪电般地在脑海里亮一下。狗不声不响地腾挪飞跃，动作漂亮优美，令他一边害怕一边赞叹。他突然明白了，自己被杨六九给耍了，杨六九为了白荞麦撮弄着自己来招惹这个魔鬼一样的畜生。他盼望着它哼哼唧唧像牙痛一样叫，只要狗哼唧就是狗草鸡了，狗哼唧是投降的表现，但是它一声不吭，它一个飞跳连着一个飞跳，只要感到连接着喉咙的丝线稍一绷直它就飞跳一下。在汩汩洒洒的月光中，狗皮滑溜明亮似融化的沥青。他感到眼睛里时时跳出虚幻的怪影，月亮青绿，大地黄白，狗泥鳅般的身体在空中滑出的优美弧线使他后悔不已，他又一次感到自己中了杨六九的奸计。这条狗狡猾无比，它超出一般狗的地方就是用不断的进攻来缓解痛苦的牵扯。对人的仇恨使它勇敢无畏。这样的狗是不能钓的。他甚至想扔掉尼龙线转身逃跑，但他知道不能扔绳逃跑，他两条腿跑不过四条腿，只要他一转身，这条狗就会在一秒钟内把他的脖子咬断。这条狗直立起来时比他的个头还高。他用慌慌张张的突然转弯来躲避狗的袭击，捏着尼龙线的手里湿漉漉地流着黏汗，这种黏汗是从骨头里榨出来的，他的疲劳恐惧深入骨髓。

他想：狗啊，我们讲和吧，我愿意放了你，帮你摘下喉咙里的鱼钩子。

狗说：不，你这个恶棍，狗偷，狗克星，你毁了我多少同类。请神容易送神难。

他想：你是条狗王。但我不怕你。我想放掉你不是我怕你，我钦佩你是个狗雄，不忍心杀死你。筑路工的脏肚子不配做你的棺材，你的棺材应该是四合柏木板做成，外涂桐油铜钱厚，内挂着黄缎子里子。

狗说：日你妈的人，你不是花言巧语。我胃里装着自己的热血，腥血。血使我想起祖先，我们的祖先被你的祖先给驯了，我们世世代代被你们蒙蔽，这种脏日子该结束了，你们把我们装进肚子里的事有千千万万起了，到了以人之道治人的时候了，你们这些狗日的人。

他想：狗，我真不是怕你，我真心想放你。

狗说：王八蛋子！到了这时了才说这种话，晚了，是死是活，鱼死网破。

他想：狗哇，你冷静一点，你别感情用事，我希望你好好思考一下。

狗沉默着，好像在深思。

他记得他竟神魂颠倒地对着狗前行一步，他的心里当时肯定充满了像棉絮一样柔软的温情。就在这短暂的迷误中，狗发起一次闪电般的冲刺，他猛一侧身，双脚相交，噗地便倒，狗嘴冰冷地触及了他朝天的屁股，一大把针扎般的锐利痛楚在屁股上散开，扩散到脊椎和发梢。他胡乱地打一个滚，那根尼龙线缠在腿上，把狗嘴拽得紧贴地面。他救了自己。狗的两条前腿铺着，两条后腿支起，尾巴来回紧张扫地。他感到有些细小的热流在屁股上流动，知道狗咬了自己一口，而挨咬时的挣扎却把狗制服了。用手牵尼龙线时，他总是怕拽断丝线，慌乱中腿部的动作给予尼龙线的牵拉力，使狗喉上的软骨几乎被撕断了,一阵地震般的大痛终于威住了这条猛兽。他就那样躺着,有时还悠闲地眨一眼在极亮的帷幕后边那些颗死鱼眼睛一样的星斗。狗的后腿也慢慢地矮下去,狗浑身颤抖,狗嘴里漫出一股血腥之后,又流出几声求饶般的哀鸣。狗,你败了!他想。

狗说:畜生,你有胆量就把这该死的丝线松开。

他在狗眯缝起眼睛之后,感到疲乏极了,那时候,他非常自然地想起了老婆和孩子……

来书和一个筑路工抬来一筐碎石倒在硿咚硿咚发响的铁板上,他说:"杨头,郭司令不在,让伙计们玩玩,傻干什么!"

"干吧,"杨六九说,"修桥筑路积阴功吧!"

"盗坟掘墓才积阴功呢!"来书挤着眼说。

小孙挂着炉钩子一言不发,他入迷地看着火和烟,又想起了老婆孩子。他想郭司令不在我一定要跑回家去看看,我老婆就要生孩子啦。昨晚上就说好了,那张狗皮归我。狗皮钉在伙房后的烟囱上,遮着一块席片子,可还是引来成群的苍蝇。狗皮明天就会半干,烟囱烤,日头晒,干得快。明天夜里就走,赶个远集卖了狗皮,给老婆置办点坐月子的东西,纸啦布啦什么的。有了儿子，就应该正正经经地过日子，再也不钓狗啦，再也不钓狗啦，说不钓就是不钓了……

趁着众人忙，孙巴溜到伙房后边去探望那张狗皮。狗皮太宽，烟囱太细，狗头朝上狗尾朝下拥抱着这个方形的红砖烟囱。他用手摸着狗的毛，狗毛弹力很好，光明似擦过蜡。可惜是夏天，狗毛退了绒。不管怎么说，总是张大皮子，十元钱会有人要。卖了钱就全花光，不能攒，古来没有小偷成了富翁的。要不是防嫌疑，狗骨也不应该埋掉，狗骨头能当虎骨卖，不知能骗多少钱。绿头花蝇围着烟囱飞，苍蝇个儿肥大，像蜜蜂一样。他用席片重新遮蔽好狗皮，防席下滑就顶上一根木棍。这烟熏火燎的四月天，狗皮今天不干明天一定会干。趁着郭司令没回来赶紧开溜。他又一次痛苦地想到老婆就要生孩子啦。饱嗝里还含有酸臭的狗腥气。他品咂着狗肉的滋味儿，踢踢踏踏地又转回沥青锅前。

白荞麦从大堤上一露头，小孙就听到脊梁上有一团凉意尖叫着贯通了全身。筑路工们都低着头拼命干活，眼睛都不敢抬。杨六九摆出一脸官相，扫一眼众人，见他们脸上的表情都像挖掘植物根块的猿人一样。他低声吩咐小孙："把火烧得越旺越好。"又高声叫："好好干呀，弟兄们，毛主席教导我们——人民公社一定要把道路修好。"他迎着白荞麦走上去,潇潇洒洒地说:"白大嫂,怎么没挑豆腐呢?"

白荞麦衣衫不整,对襟褂子上有一个扣子高攀了一眼,褂子下摆一边高一边低地斜吊着,肚腹上摺起一堆布,扣子错位处露出一道肉。她眼睛圆睁着,脖子直竖着,像一匹疯狂的马。她带着一股旋风扑到杨六九面前,一句话不说,举起爪,抓着杨六九厚厚的脸皮尽力一撕,像从墙上往下撕破烂大字报一样,杨六九脸皮上白了三五道,又一撕,白了七八道。还想撕,杨六九退缩,她追着撕,杨六九退到沥青锅边,大叫:"疯婆子,你要干什么?"

"还我的狗!"

"你到哪里来要狗?"杨六九说,他伸手摸摸脸,摸到一手青紫的血,"你真狠啊,臭娘儿们,忘了老子包销了你半个月豆腐。"

"你少油嘴滑舌,还我的狗!"

"谁见你的狗啦?你的狗不是在家里看门吗?"

"我的狗,镇里人没有敢动的,只有你们这拨贼,你们这群劳改犯,才有这样的手脚。"

"不知道你的狗。"

"你把我的墙头都扒掉了一块,原来是算计我的狗!"

"我是想你呐！"

"想你娘去吧！你把我的狗怎么整死的，地上都是密密麻麻的狗脚踪。你这个千刀万剐的杂碎，下油锅炸成干虾蹦仁的，枪子儿打成筛子底的，爆花机里炸出了脑浆子的，头顶长疮脚底流脓坏透了气的杂种！你偷了老娘的狗，老娘饶不了你，等你们郭司令回来我豁出去陪他睡两宿也让他剥了你这臭鸭蛋的绿皮儿！"

杨六九笑着说："大嫂你骂得真过瘾，你有什么证据说我们偷了你的狗？"

"我一上河堤就闻到你们的狗窝子里一股狗腥气儿。"

"那是臭油味儿！"杨六九说。

小孙应声操钩去捅火，轰轰烈烈火上了天，黏涩的臭味儿一摊摊往人脸上沾。

白荞麦捂着鼻子退几步，说："不是臭油味儿，我要搜。"

杨六九坦然地说："你搜吧。"

小孙脸干黄如菊，扭着腰说："杨头，你替我看会儿锅，我去解手。"

杨六九说："你去就是。"

小孙急步跑向伙房。白荞麦眼珠子一转，跟着小孙急走。小孙说:"干什么你!男人撒尿你跟着干什么?"

"你一撅尾巴我就知道你要拉什么屎。"白荞麦说。

"那我不去撒了。"小孙说。

"不去撒你就憋在肚里吧,老娘反正要搜查。"

"大嫂大嫂大嫂!"杨六九喊。

白荞麦气昂昂向窝棚走,杨六九仓皇皇跟在后。白荞麦抽着鼻子,直奔着伙房烟囱去。杨六九堵住她,嬉皮笑脸地说:"嫂子,你要是缺钱花就说一声,别弄出这些名堂来讹人。"

白荞麦进了伙房,眼睛来回扫,罗锅老刘从铺上把身子躬起来,又放下去。白荞麦说:"老头!我的狗啊!"那匹独眼小狗对着她汪汪汪叫几声。她在窝棚立柱上看一眼,叫一声,猛醒般跑到窝棚后,踢倒木棍搁开席,见了大狗皮森森挂着,哭一声:"我的狗啊!"一行行眼泪扑簌簌离了眶,在酡红的腮上流。"你赔我的狗!杨六九!"白荞麦扑到杨六九身上又撕又咬又打。杨六九的脸被她抓挠得像烂白菜疙瘩一样,他心头火起,捏住她的胳膊用力一拧,她不由自主转一个身,屁股对着杨六九,杨六九膝盖一顶手一松,白荞麦一头碰在狗皮上。"臭娘儿们,这是你的狗吗?你叫叫它答应吗？天下黑狗多着咧。"他转身进了伙房窝棚，白荞麦跟到门口，却不走进去，只是站在门口哭、骂，哭得四野震荡，骂得千奇百怪，筑路工们耳朵全新，都停了手中活，静静地学习着。杨六九坐在刘罗锅铺上，目中泄出凶光，脸上一道道血痕闪亮。白荞麦终究未进窝棚，走上河堤，骂声稀少，哭声密集起来，筑路工齐齐地垂着头。

白荞麦在河堤上站着，心绪纷乱，喉咙疲倦无力。回望筑路工地烟笼火映，一群黑人笨拙地蠕动着。蓦然又想起大黑狗，愤愤地有了主意，凤凰展翅般飞向工地，在铁板旁抄起一把秃头的竹扫帚。把小孙横扫到一边去，将扫帚插到沸沸的沥青锅里，扫帚头上沥青油淅漓。小孙目瞪口呆，不知这女人要玩什么花样，远远躲着不敢靠前。白荞麦将扫帚伸到小锅里，引起一扫帚头子火，斜举着，扫帚烧得刮刮喇喇，像一柄火炬。她不顾说话，一步高一步低跌到筑路工睡觉的窝棚边，把那团火戳到席棚上。

筑路工枯木桩样栽着，脑子都忘了旋转，见窝棚上的苇席刮刮地燃起来时，才有一个人大叫一声："救火啊！"众人惊醒，一齐喊杨六九。白荞麦还举着扫帚，哆哆嗦嗦地骂："烧死你们，烧死你们这群猪！"扫帚上的火烧了她的手，她把它扔掉，跑几步，坐在地上，呆呆地看着窝棚上的火。几个筑路工从伙房里提水来浇到火上，火黑了，黑了又亮了。连续几桶水，真黑了，席棚烧透一个乌黑的大洞，边缘冒着白烟，又来了水，把白烟也浇没了。几个筑路工跑进窝棚，把被子抱出来，大呼小叫。

筑路工把白荞麦围起来，有抬起脚来要踢的，见大家都漠漠地立着，就把脚缩回来。有善骂的，也不愿开口，大家看着一人。杨六九说："看什么？又不是观音菩萨，干活去干活去！"杨六九从衣里摸出几张皱巴巴的票子，掷在白荞麦面前。筑路工有的走了，有的伸手摸兜，抠出毛硬币之类小钱，放在白荞麦身边。来书捏着一个一分的硬币犹豫着，杨六九鄙夷地说："滚！拿去串到肋巴条上去吧！"来书把钱放回口袋，走几步，回过头说："杨六九，甭你妈的神气，老子有的是钱，老子等几天就有的是钱！"

白荞麦不捡钱，脸上挂着灰，平平静静地问："你用什么法子把它弄死？你怎么能弄死它？"

杨六九说："不是我，我没那么大能耐。"

"是我，大嫂子，是我把它弄死的。"小孙说。

白荞麦摇摇头。

小孙说:"大嫂,人不可貌相,海水不可斗量,我用一根油条一个鱼钩,把它像小绵羊一样就牵来了。"

白荞麦的脸抽搐着说:"这么说真是你干的?钓狗?你有本事和它打呀,怎么钓呢?我昏透了,听到狗咬,没想到钓狗呀,我的狗……"

白荞麦的神色又愤愤起来,她腾地跳起,向小孙冲去,一把揪住小孙的头发,像搓面团一样揉,小孙疼得鬼哭狼嚎。杨六九欲上前解救,白荞麦把尖利的爪子抠在小孙眼上,说:"你敢,你敢上来我就把他的眼珠子抠出来。"

杨六九不敢动,说:"你那条狗要多少钱?说个价吧!"

"我不要钱,我不要,我要你弄活我的狗!"她抠着小孙的眼窝说,"走,畜生,你去给我当狗!"

白荞麦拖拖拉拉地把小孙掳走了。

"杨头,杨大哥,救救我呀!"小孙被白荞麦挟在腋下,大声嚷叫着。

五

昨天夜里,杨六九让来书去埋葬狗骨时,来书嘟嘟哝哝地发着牢骚:"为什么要我去埋?"

"你跟小孙打架把大伙儿吵醒了,小孙钓狗有功,你埋狗骨头将功赎罪。"杨六九说。

"不是我们打架你们能吃上狗肉?什么破烂代理队长!"来书说。

"少啰唆你个赌棍子!"杨六九说。

来书把狗骨捡到一个水桶里,捡了满桶,提到棚外月光中,挪到工地附近,找来他那柄勺子头一样的小铁锹。一手提锹一手提桶,走一步他骂一声谁。

小孙被白荞麦擒走后,杨六九让他烧锅熬沥青。他学着小孙的样子用钩子捅捅小锅,火焰果然也哼哼地响。他本来是死不愿意烧沥青的,心里有大喜欢,竟想自寻折磨,杨六九一发话,他就附在沥青锅前干起来。他对小孙和杨六九充满感激,他们促成了他的好运。他想,有时候,好运气悄悄地就来了,想躲都躲不开,你钻进地洞里它跟进地洞。要不是跟小孙赌牌,小孙就不和自己打架,不打架就惊动不了杨六九,惊动不了杨六九就不会钓狗……不吃出狗骨就不要挖坑去埋……反正是好运气催的,要不为什么偏选在那儿挖?要是挖偏一寸、一厘、一张封窗纸那么薄,铁锹刃就碰不到那个坛子,碰不到坛子就没响声,没响声就不会低头去看……

说一千道一万，通通是好运气赶的，好运气就苍蝇一样围着你，打都打不走。想起昨夜事，他感到一阵后怕，在那一刹那，幸亏福至心灵弯了一个大腰。

他扩土坑时，听到铁锹刃上发出一道很滑很脆的响声，低腰去看，狗肉漾出，臭秽气中见坑壁上有一点黑釉在闪烁，用铁锹刃划几下，响声依旧滑脆，他的好奇心动，就铲那物旁边的泥土，光滑的釉面越来越大，渐渐显出形状，依稀一个坛坛罐罐的肚腹。他的心里立即生出幻想，愈加小心地清理。果然是个坛子。他胆战心惊地弯腰去搬坛子时，狗肉一股股上蹿，他毫不吝惜地把蹿上来的都吐了。吐了七八口，肚里立刻觉出轻松。他专心看那个坛子，用手抹去坛上的泥土，露出青蓝的本色来。坛口下有些指甲状的凸纹，坛肚上清晰流畅地画着一些类鱼类猫的简朴图案。坛脖子短促，坛沿儿外翻着。坛口密封，散发一股朽木淤泥味道。他用指头去戳坛口，方知当年堵坛口用的木塞已经朽烂。他把烂木塞子剔出，心里突突乱跳。他不敢往坛里看，不敢想坛子里是空的。也许是一坛陈酒，但并无酒香溢出。坛口有拳头粗细，他的手在坛口犹豫着，指尖上冷冰冰的感觉使他眼前的一切都蒙上一层灰白色，他的脑子里有盘旋成团的蛇的形象出现，似乎坛里正冒出丝丝的凉气。

他搬起坛子晃晃，里边有嚓嚓的金属摩擦声，对着月亮看到黑洞洞的坛里有黄白之光弱弱地溢出。他感到呼吸困难，好像要死去一样，人如飘在树林子里，眼前错落着银灰的树皮和幽幽的天光。抖抖的手自行进坛，满把摸出，竟是一堆缠绕成团的银首饰。把根根银链子抖擞开，仔细点数，计有银脖锁三只，帽子花一套八只，绞丝镯子一副。还有三个叫不出名来的小物件。他欢喜疯了。又伸手进去，掏出六块大洋钱。再摸时，空荡荡无一物，粗糙的手指把坛内壁摩得沙沙响。他把坛子举起来，对着月光看，确实是空坛子。坛壁上好像画着两条红鲤鱼，在月光中活泼地游动。他把银首饰一件件装进坛内，仔细看地，仍不放心，又搬着坛子立起，退几步，放大眼界，仔细搜索。泥土狗骨朽木。朽木泥土狗骨。他突然发现，在那团朽木中，有一团黑乎乎的东西，他的心咚咚跳着蹲下，粗鲁地放下坛子，小心温存地把那团物捏起。当年这团物是布，现在烂得像纸灰，一动就碎了，在破碎中，亮起了一道柔和的黄光。金子！我的亲娘，金子！他心里欢呼着，托着黄光，头直发晕，目眩良久，定下神来，见手心里有一个金黄的圆圈。金镏子！亲天老爷，从小就听人说金镏子，今日总算见到了……

他看着火,看着沥青慢慢融化,想起三年前,花了一元钱,请那瞎子算命。瞎子一个眼流瘘了,另一个眼凸着像个小鸡蛋。瞎子的手指细腻得像一根根蛔虫,弯弯绕绕地蠕动。瞎子说他在三年之后必发大财,必发,但发大财之前有点小灾小难,不打紧的。他想,果然应了,果然灵验了。这儿是一片荒原,遍地碱卤嘎渣,哪里来的金银坛子?许是当年大洪水从八隆河里冲出来的。老人说八隆河九曲十八弯,有九缸十八坛。那九缸十七坛现在不知埋在哪里。

金镏子!他伸出舌尖去舔那黄圈,竟是一股鱼腥。他大吃一惊。继续舔,仔细品咂,果然品出了甜丝丝的味儿。他还想用牙咬咬,又怕咬上牙印,不用咬了,定是黄金,他不敢咬,生怕把金镏子滑进喉咙里去,先朝的大官们急了眼就吞金自杀,比喝毒药还灵验。他想到此感到晦气,仿佛看到金镏子穿过酱一样的狗肉把胃压碎了。他闭紧了薄嘴唇,把金镏子试试探探地套上手指,食指进不去,中指更进不去,勉勉强强伸进去半截小指。这个金镏子一定是个女人戴过的,能戴得起金镏子的女人都是小姐太太。他想象着那女人的模样,她的脸一定白白的,小嘴像一粒樱桃。他想有金有银就该娶个女人啦,趁着郭司令不在,卷起铺盖跑他娘的!他又想不能走，还有九缸十七坛就在这八隆河外藏着，好运气来了，就不止碰上这一坛子。

"来书，你还没埋好？"

杨六九远远地一声喊，吓得他魂飞魄散，他急急忙忙把东西塞进坛子，用身子遮住坛子，用手掩住坛口，高喊："别过来，别过来，我在这儿拉屎……"

"你少吃点嘛！撑死你这个贼！"

"我真他妈的没出息，撑得拉肚子了，拉出的屎比狗屎还要臭。"

"还他妈的好意思张扬。"

他自轻自贱着，心里紧张得哆嗦。把桶里的狗骨倒进土坑，铲一块紫土下去，遮了一半白，没遮住的白骨向他眨眼，仿佛笑他愚蠢。他把狗骨捡出来，继续扩大土坑，眼瞪耳竖，盼着那瓷光和溜尖的声音出现，他想九缸十八坛也许都在这里埋着。锹刃儿嚓了一声，他身子缩成一团跪下去，抠出一块碎砖头；他继续挖，又挖出一块破瓦片。直到月光黯淡，东方天际升起一团红色的雾气时，他才把狗骨埋了。他牢牢地记住这地方。埋好狗骨，他突然感到惊惧不安。他确信人们都在怀疑着，谁也不会相信他在拉肚子，他仿佛见到了饿狼一样的眼睛在幽暗的窝棚里熠熠闪动，只要他一进窝棚，他们就会像窝狗子一样扑上来把他活活咬死，然后抢光他的金银财宝。他抱紧坛子，恨不能把坛子装进肚子里去。肚子里的狗肉还在翻腾，一口一口的臭气上溢，肉却不溢上来了。每溢一次臭气，他都张着口，半天才敢闭上。他知道自己真吃撑了，真的要蹿稀跑肚了。他把金银从坛子里摸出来装进口袋，口袋鼓鼓囊囊地胀起来，不行，不行，窝棚里人挤人，身上有一个钢镚儿也会被发现，何况这大把的金银。他从袋里摸出金银装进坛子，想还是埋在这里好，坛子口开着，会有耗子钻进去，耗子会把金镏子叼走。他脱下裰子，把贴肉的汗背心剥下来，揉成一团，狠狠地塞住坛口。

为选择一个埋坛的地方，他跑出去几百米远，挖好坑，放进坛，盖好土，他又后悔了，这儿离工地太远，万一有割草放羊的孩子扒出来就完了，万一有狗、狐狸、獾来扒洞扒出来也就完了。埋近点儿，埋在工地上一抬眼就能看到的地方保险。他扒出坛子，提着锹，沿着河堤往回走，河堤稀稀疏疏生着一些枝干秃秃的白桑树。他选择了一棵离窝棚约有一百步远的孤孤零零的白桑树，弯腰溜过去，在树下悄悄挖土，月光迷蒙，窝棚隐隐传来鼾声。桑树下生长着一蓬蓬茂盛的蒺藜，蒺藜开着白色的小花。他把蒺藜连根带土挖出放在一边，挖成一个方方正正比坛子略大的坑。把坛子放进坑，坛口略低于倾斜的堤面，他很满意。盖土前，他心里又生出狐疑来，他觉得那坛子里是空的。急忙拔开堵坛的破汗衫，伸手进去，硬硬地摸着那些银货，心里稍稍安定。慌乱中摸不到金镏子，冷汗顿时出来，急急忙忙倒坛，找到金镏子才算放心。他撕开一条银锁链，把金镏子拴在银脖锁上。你是我的，你别想跑。金镏子甜甜地对着他笑。他在坛子与土坑的缝隙里填上土，把那几墩带土的蒺藜移到坛口上来。灰灰的天色下，蒺藜花调皮生动。他轻轻地把蒺藜梳理顺当，退几步，打量着，总觉得这儿有些异样。启明星又大又亮地挂起来了，天就要亮了。他心里还不安定，也不敢再磨蹭了。他在白桑树上用铁锹铲开一条伤口，这才像驾云般回到窝棚。

他一夜没合眼，眼珠子却像涂了润滑油一样滑溜。窝棚里飘着令人窒息的恶浊气体，他刚进窝棚闻不惯，一分钟后就闻惯了。他的铺紧挨着小孙，他刚要躺下，就听到小孙说："你跑不了！"他吓得大气也不敢出。小孙又说："你跑不了！"他低低地说："干什么，干什么。"他随时准备扼住小孙的喉咙。小孙说完了话，翻了一个身，嘴里吧嗒吧嗒响几声，从鼻子里又喷出呼噜来。他松了一口气，便悄悄和衣躺下，眼瞅一阵昏暗的三角形棚架，又侧目看小孙被挤得不成形状的脸。

早饭时，筑路工们捧着窝窝头，一个个愁眉苦脸。他发现人们都用异样的目光打量自己。杨六九的咳嗽女人声女人气，小孙把一只铁桶踢得咚咚响，还有一个上了年纪的筑路工，像公鸡打鸣一样叫了一声。

他说："我夜里拉肚子啦，蹲下就起不来，把肠子都拉出来了。"

杨六九啐一口，说："你那点儿出息！"

众人齐骂他，骂得越狠他心里越舒服。他说："小孙，大哥服了你啦，你有老婆没有？我有个亲妹妹，长得像仙女一样，嫁给你做老婆吧。"

小孙说："留着你自己用吧。"

一个筑路工说："来大哥，小孙不要给我。"

"你？"来书说，"你这副熊相还想娶我妹妹？我妹妹的尿也不给你喝。"

河南岸传来一个女人喊孩子的声音："留柱——留柱——来家吃饭——"

"你埋好了吗？"杨六九问。

"我埋什么啦？我埋什么啦？我什么都没埋……"

"狗骨头埋好了吗？"

来书浑身松弛，腋下汗津津的，说："埋好了，队长大人，小人埋好了，埋了五米深，天神爷也找不到。"

"你他妈的得了神经病了是不是？"杨六九问。

……

沥青滚开了，炎热上蒸，他满头大汗，故意把手上的黑灰往脸上抹。他眼禁不住地往西南方向瞭，那棵白桑树孤零零地站着，桑树上的叶子像一枚枚坚挺的硬币在阳光下熠熠生光，那棵桑树像火把一样熊熊地燃着。

六

晚饭后不久，杨六九蹲在那丛茶叶树的阴影里，观察着白荞麦屋里的动静。天上有一些缓缓运动着的灰云，月亮钻进云里，茶叶树影幽暗起来，地上有云朵的大影子在懒散地移动。镇子里雾气腾腾，一个女人在高声婉转地呼唤孩子："留柱——留柱——来家吃饭——"女人的声像从井里传上来的，空空洞洞还沾着水汽。白荞麦家的柴门依旧掩着，院子里静悄悄的。他想起昨天夜里那条英雄的黑狗还在飞扬跋扈，心里感到酸溜溜的。草屋里点着油灯，明亮的灯光映在东边窗户上，西边的窗户是黑的，蝙蝠在院子里飞。蹲了一会儿，听不到动静，他弯着腰走到柴门前，伸进手去想摘开那铁挂钩，手碰到一把老大的铁锁。他又转到房檐与墙头相接的地方，刚欲攀墙上去，手上就感到一阵刺痛，摘下手看时，见满手都是血。墙头上新糊了一层泥巴，泥巴里插着一些绿色的碎玻璃。他暗骂这女人心黑手毒。沿着墙走了一遍，发现墙头上都糊了新泥巴，泥巴里遍插玻璃片。他悟了半天，才想到这一定是小孙的功劳。转到檐角下，听到那窗户里呼呼隆隆响，没有人声，心里不由为小孙担忧，这女人是不是把小孙给剥了皮？想想又觉得不可能，朗朗乾坤，清平世界，为了条狗杀人，量这娘儿们还不敢。

小孙的老婆带着孩子来啦。一百多里路，那女人带着个刚会挪步的女孩子，挺着大肚子，背着个破包袱，一脚高一脚低硬是走来了，走得灰土满脸，头发像铜丝一样黄。小孙女人到筑路工地时，筑路工们正捧着盆子喝玉米糊子。夕阳似落不落的，半天通红，众人在喝汤的缝隙里发言议论小孙，没人替他担忧。有一个筑路工说小孙这会儿正在白荞麦家呼哧呼哧喝豆腐脑子呢。正说着呢，小孙的老婆孩子就来了。小孙的老婆是从西边走过来的，那时候，大堤上灰气朦胧，荒原上乌鸦哀鸣。她走得很慢，远看像一条牛。在那棵孤零零的白桑树下，她从背上卸下孩子，孩子在树下蹲了一小会儿，孩子像个褐色的大野兔子。来书端着碗跳起来，下巴骨抽搐，玉米糊子顺着下巴流到脖子上，还以为他中风不语了呢，还以为他掉下下巴骨来了呢。女人领着孩子往前走了，来书长长出了一口气，又坐下呼呼地喝汤。女人和孩子一歪一扭下了堤，向着伙房这边走。她的腿不齐，举肩抻颈，走相好难看，孩子扯着她的衣角，像一团滚动的布。有人说："来了要饭的了。"有人说："就让她吃一顿。"正说着，女人近了前，脆生生地叫一句："大哥哥们，这儿可有个孙巴？"窝窝囊囊的一个女人，没想到生着这样一副好嗓子，要是她躲在一个人见不到的地方说话，还以为是个十七八岁的大闺女呢！"有啊！"来书说。"他在哪儿？""他嘛……"一个筑路工说，"他嘛……"

杨六九上前一步，问："你是孙巴的娘？"

"不是，"女人说，"我是他孩子的娘。"

女人的肚子像扣了一个盆。他吃了一惊。女人的脸和小孙的脸一样，无法估计年龄。他说："是大嫂来了呀。"

"他呢？"女人惊惶地问。

"他到镇子里办公事去了，今晚上不回来明早准回来。"

"总算到了。"女人说。

"大嫂子您来这儿是……"

女人的嗓子一下哑了,哽哽咽咽哭起来。大家都不吃饭了,围过来看这女人哭。女人破衣烂衫,脸上生着铁锈。女孩嘤嘤地哭,还一声声地叫娘。筑路工们唉声叹气。刘罗锅蹲在伙房门口,脑袋低到裆里。

杨六九说:"大嫂,你别难受,先吃饭。我是筑路队代理队长,待会儿我就去找回小孙,让你们一家团圆。老刘,你去弄几副碗筷,让她们先吃饭。"

老刘拿出两只碗,端出一盆汤,四个窝窝头,一碟子萝卜条咸菜。

女人说:"俺不饿。"

老刘说:"吃吧!"

女人沉重地坐下,把女孩也扯坐了,娘儿俩端起汤喝。女孩喝呛了,吭吭着咳。女人用拳头捶着女孩的背。有一个筑路工到窝棚,拿出两块饼干给女孩,女孩不敢接,女人接了,坐着给筑路工鞠躬。

女人吃饱了,有了几分精神,从包袱里摸出一柄缺齿的梳子拢几下头发,给女孩也拢了几下。女人絮絮叨叨地说,孙巴走了大半年,连个信儿也没有,去公社里打听，公社里说他犯了错误，罚到筑路队里去了。看看又要生了，家里断了烟火，怎么不济也是自己的男人，找他来想想办法。女人说着说着就哭了。女孩走乏了，软软地倚在女人身上睡着了。天地染遍苜蓿花色。

他说："老刘，委屈你到窝棚里挤一夜，把你的铺让给孙大嫂住一宿，赶明儿给她们另搭个窝棚。"

老刘说："中。"

他说："我去找小孙。"

他在东房檐下墙根站着，踮起脚，把墙头上的碎玻璃拔出来扔掉，抓住墙头往上一蹿，脚尖磕碰几下墙，身子重量就压在两条胳膊上。他提腿上墙，轻轻地顺到院子里。蹲到东窗下，伸出舌尖，舔破窗纸，把一只眼贴上去往里看。原来这三间草屋的东两间是通着的，没有间壁墙。小孙抱着根磨棍，垂头丧气地推着豆腐磨。白荞麦坐在门口一个麦秸草编成的草墩子上，双臂抱在胸，面前地上放着一根长长的白蜡条，白蜡条梢头上的叶子都破了。豆腐磨呼隆隆响着，磨顶上堆着饱胀的黄豆，两片磨石之间的缝隙里，吐出一丝乳白色的豆糊子。小孙用肚子推着磨棍，眼睛看着磨道，好像寻找脚印，影子一会儿投到墙上，一会儿又折在地下。白荞麦满脸倦容，长长的眼睛眯缝着好像看灯，又好像打瞌睡。夜游的小虫围着她的脸转,她挥手赶走小飞虫,冷不丁喝一声:"该刮啦!"

杨六九吃一惊,将身往后一缩。小孙抬起头,从一只大木桶里提出一把木头杓,勺子的圆沿儿凹进一块,把勺子拖在身后,刮着磨石下沿,人走一圈杓转一圈,刮了一勺子豆糊,叩在木桶里。杨六九在窗外闻着豆糊的香气,对这女人又恨又想。她穿一件酱红色灯芯绒褂子,头发光溜溜,悠闲地坐着,像在磨坊里赶毛驴。突然间满屋子雪白,挂在梁头上的电灯泡亮了。白荞麦眼眯成一条缝,小孙被照昏了,站在磨道里不会走了。

"这死电!"她骂一句,站起来吹灭油灯,说,"推呀,站着干什么?"

"大婶,"小孙说,"好大婶,饶了我吧,您老人家发发善心放我回去吧。"

"快推!"白荞麦捡起蜡条,在小孙屁股上抽了一下子。小孙咧咧嘴,抱着磨棍又推起来。

屋里忽然又一团漆黑,杨六九听到白荞麦叫了一声。他刚要喊小孙,就听到屋子里扑腾起来。小孙尖声叫娘,白荞麦骂:"小畜生,你想趁着黑跑?我叫你跑!""大婶——亲大婶——我不敢了——我再也不敢了——"

屋里又雪亮了。白荞麦对着小孙的脑袋用巴掌扇，小孙告饶不迭。

"这抽羊癫风的死电，"白荞麦喘着粗气说，"你人小鬼心眼不少，你往哪里跑？"

"大婶，"小孙抱着磨棍，哭丧着脸说，"你让我回去吃饭吧，我吃饱了再来推。"

"一条狗还没撑死你？"

"大婶，我吃了丁点点肉，他们人大，老欺负我，逼我干这干那的。大婶，我权当是您的屁，您就把我放了吧！"

杨六九差点笑出声，用力捂着嘴。屋里，白荞麦也捂着嘴笑了。

"放你，没那么容易，让你们那个土匪头子杨六九来给我的狗披麻戴孝吧。"

"那您放我回去告诉他。大婶，这钓狗的事是杨六九逼我来的，他是领导，他的话我不敢不听。"

杨六九暗骂："这个狗小子。"

"少废话，快推。"

"大婶，我饿得挪不动步啦。"

白荞麦揭开锅，拿出一块黄饼子扔给小孙，说："吃吧，噎死你才好！"

小孙接住饼子啃一口,说:"大婶,给我点儿咸菜就着。"

"给你点儿淡菜,你是来当客呀!"说着,还是端出一碟子黄酱提出两棵青葱,摆在小孙面前。

"大婶,给我口水喝。"

"给你口尿喝!"

"大婶,我要解手。"

"你想跑啊!"

"大婶,您墙上插着玻璃,门上锁着大锁,我插翅也难逃。大婶,我憋不住啦。"

白荞麦抽开门闩,拉了一下开关,屋檐下一盏电灯照得满院子通明,杨六九慌忙蹲在墙根。小孙出了门,白荞麦提着蜡条跟出来。杨六九猛扑上去,从后边抱住了白荞麦,大喊一声:"小孙,快跑,你老婆带着孩子在窝棚里等你。"

白荞麦怪叫着,手抓脚踢脖子扭动。小孙扑向柴门,晃得铁锁哗啦啦响,杨六九说:"回来,从东边墙头上跳。"

小孙没头苍蝇般撞回来,气喘吁吁地说:"墙头上有玻璃我下午刚栽上的。"

"屋檐根下没有玻璃。"

小孙撞向檐下墙,像《地道战》里那个爬墙的伪军一样,连爬三次都没上去。

"笨蛋,快找个凳子踩着。"

小孙跑进屋,进门时被白荞麦踢了一脚,搬出一条沾满豆腐渣的窄凳,放在墙下,踩着凳子上了墙,一个滚落到墙外去了,跌得他在墙外叫了一声亲娘。

杨六九紧紧地箍住白荞麦的腰,等小孙滚出墙才觉得如搂着柔软的棉花胎子,舒服得心颤。白荞麦拧腰撅屁股四肢乱动,也挣脱不了他的臂圈。他把她用力上举,白荞麦高头大马,双脚点地,似羊蹄子擂鼓般急切灵活。杨六九把她抱进屋,她低头在他手上狠狠地咬了一口。杨六九松手,用力往前推她一把,她往前一蹿,手扶住墙壁转回身来。她披头散发,衣衫皱折,胸脯子一鼓一鼓,大张着口喘气。

杨六九插上门,拉灭院子里的电灯,目光迷离地看着白荞麦。他的手上流着一条细细的血,他感觉不到疼,全身急躁,伤口发热。

白荞麦倚着墙,呼吸渐渐均匀。她呸呸地吐着口中的血沫子,骂一句"土匪!",捞起刮豆腐沫子的木勺子,向杨六九砍来。杨六九叉着腰,看着她笑。电灯光照着他暗红的络腮胡子,他漆黑的脸膛像古铜一样煌然。他脱掉褂子，揉成团，用力向墙角掷去，褂子在飞行中舒展开，缓缓降落在墙旮旯的草堆上。

白荞麦把木勺子举起，就像中了定身法，她呆呆地看着杨六九条条棱棱的肉和胸脯上的一线黄毛，看够了，才把木勺子往下砍，轻飘飘地如说是打人还不如说是调情。杨六九跨向前一步，接住白荞麦举杓的手，用力一捏，她胳膊上的肉像脂油一样被挤向两端去，他的大手触到了她的骨头，仅仅隔着一层皮。白荞麦呻吟一声，木勺子掉在地上。杨六九把她往胸前拉，她用另一只手撕掳杨六九膛上的黄毛，两个人推推搡搡，碰碰撞撞，一会儿像拥抱，一会儿像摔跤，好久好久，白荞麦像只绵羊一样软绵绵地往后倒去，杨六九揽住她的腰，把毛茸茸的嘴巴扎到她四四方方的大脸盘上。

又停了电。

又来了电。

两个人搂抱着在灶旁的柴草堆上，白荞麦细眼里夹着两颗泪珠儿，悲悲切切地说："你这个强盗，赔我的狗。"

"赔你个人吧！"

"赔我的狗！"

杨六九把她按倒，说："狠心的，你把我的脸都抓成烂柿子啦,还像母狗一样咬人。"

"搂紧我……亲哥,六年没有人搂我啦。"

"你男人呢?"

"我男人……"

白荞麦伤心地哭起来,说:"你起来……你先起来,我让你看看我男人。"

杨六九站起来,白荞麦掩掩衣服,推开西边那扇房门,侧身进屋亮了灯。"你来看吧!"

杨六九疑心重重跟进去。

"这就是我男人。"

炕上躺着一个光溜溜的男人,杨六九大吃一惊。那男人全身灰白,像一条僵蚕。他一动不动,大约有心在那儿不紧不忙地跳动。灰白的脸上,眼睛像塑料球一样模糊无光,偶尔才能见腮上的肌肉抽搐两下。薄薄的嘴唇有时张开,有时绷成一条线。男人的身下垫着席子。一股烂肉气息直冲人脑。

杨六九昏头涨脑地退出去,坐在柴草上,一句话也不会说,只把眼盯住白荞麦看。

"他就这样躺了六年……那年春天,他要跟人家去匡家庄宣传,我不让他去,他硬要去,我说外边都打死若干人啦,他说革命不怕死,怕死不革命。他们举着红旗到了匡家庄,一进村就被人家包围啦,半截砖头,锹镢二齿钩子一齐上,他当场就被打倒。抬回家来就这样,打针吃药也不管用……还不如那时打死……"她泪眼婆娑地向杨六九说。

杨六九感到喘不过气来了,嗓子里有若干黏黏的东西堵着。他挣命般地说:"妹妹……我带着你跑了吧……"

"往哪儿跑?"

"下关东。"

"俺不去,那儿冷,我怕冷。"

"那你就这么受?"

白荞麦扑到杨六九怀里,滚烫的手指撕着他的腮帮子,抽抽噎噎地说:"亲哥……你要是喜欢我,就帮我弄死他吧……我一个妇道人家……"

白荞麦炭火般的肉体烤得杨六九口干舌燥,他推开她,昏头涨脑地站起来,摇摇晃晃向门口走去,他的手刚触到门闩,白荞麦就冲上来搂住了他的脖子:"你这尿种……你就这样走了吗?他活着跟死了差不多……我端屎端尿侍候了他六年……他不死我就得陪着他……"

杨六九说:"你不给他吃喝。"

"我试过,试过,他肚里没病,一饿就叫,嗷嗷嗷,像狼嗥一样,邻墙隔家都能听到……"

杨六九转过身,觉得脚下无根,倚在门口,腿像弹簧一样颤着。白荞麦蓬头散发,泪痕满面,那件灯芯绒上衣鲜红欲滴,她那两条细长的眼睛里,射出暗绿色的光芒,从她的身上,似乎发出一股墓穴的霉气……

那天中午,他听人说谭家庄老乔家的闺女死了。他不敢相信,头一天他还看到老乔家的闺女在集上买布。老乔家闺女肥得冒油,多少人看着眼馋。他心里狐疑,不敢细问。那人说老乔家闺女啊,啊啊啊,中午死,下午殡,人死如灯灭,气化秋风肉做泥。他说可不是怎么着,可惜了一个大闺女。

谭家庄的公墓在一个苹果园里,苹果园北是一条河。他听了那人的话,就放不下地想乔家闺女。他肩着个粪筐子,在苹果园周围拾粪。碰到两行牛屎,他拾进筐子。狗屎人屎他不拾,他嫌这两种屎臭。苹果园里有三五千棵苹果树,树干都有碌碡般粗细,树冠都剪成馒头状。矮矮的树干上涂着白石灰,没涂石灰的树干都被剥了皮,黄褐褐的,像涂了层牛屎。苹果树冠几乎连在一起,苹果花盛开,树枝上一簇簇粉红雪白,果园子上空花粉沸扬,腾起一片片浓郁的香气。蜜蜂像火星一样追着花粉飞……

她用肉手摩挲着他的脸,对他耳语着:"哎哟……亲哥……你够了吗……你进去吧,弄死他吧,他活着也是受罪……啊……亲,你去吧……"

他围着苹果园又转了几圈,已是半下午光景,他寻着臭杞树丛的一个大缝隙往里看,那堆新鲜黄土中,凸出了一个稍高于地面的长拱形砖顶,几个男人倦容满面,坐在横放在地的锨柄上抽烟。黄鹂的叫声像口哨一样尖锐,满园震动,空气好像裂帛般响。他在黄昏时,爬到苹果园西面一个土岗子上,黄日半扁,将熟的小麦喑哑无声,几个割草归来的孩子沿着田间小路踽踽行走,一曲野调子,把他的心都唱破了。接着孩子们凄凉的歌声,从谭家庄里传来一阵咿咿呀呀的哭声。一辆拉砖的马车从村头露出来,老马鞠躬,翠绿赶车人傍马行。车后随着一队人。他坐在土岗子上的杂树后,细心听着哭葬的词儿,车尚远,哭声似线,但见弯曲轨迹,辨不清声音。杂树下的腐土上,两只肥胖的蟋蟀在交配,雌蟋蟀蹦在他鞋上,雄蟋蟀趴在树枝上,他不忍心动,直看着两只蟋蟀又愉快地跳到野草里去了。车近了。车前一个年约十岁的女孩,头缠一条白布,每只耳朵上挂着一絮棉花,手里举着一根花竹竿,竹竿梢头绑着白纸扎成的仪仗。车后有几个半老女人,有哭孩的,有哭肉的,一律仰着脸,用破帕子捂着嘴,眼睛不看路,走得跌跌撞撞。女人们后边跟着四五个精壮汉子,俱闭口无言,面对残砖碎瓦,好像他们身后尚有持枪的押差。到了果园门口,马停人亦停,女孩手持旗幡,立在路边,女人们聚拢在女孩的旗帜下,哭声婉转,飞越林表,黄日昏惨惨不敢落。园子里的男人们出来,与车后的男人们汇合。几个人上了车,喊一声号,把一个前高后低前宽后窄的棺材抬下来。棺材颜色未干,有的地方深红似汪着血水,有的地方淡红,木板的白茬子从淡色中洇出来。男人们从车上扔下几条麻辫子,套住棺材,又在麻辫子里穿上几根七长八短的木杠子,喊一声起,棺材离了地,男人们推推搡搡地抬着棺材进了果园,女人们随着棺材哭进果园里去,女孩落在最后边,好奇地东张西望着,后来她的身体被果树掩了,那竿纸幡从树冠间伸出头来,指示着她的所在。赶车人蹲在老地方,背上的翠羽蒸成一片丹霞。麦田如海,残阳如血,老马肃立,长脸上斑斑点点一些毛,远看还以为它招了一脸苍蝇。一架直升飞机扑棱着螺旋桨,翘着尾巴，从果园上方滑过去。一道白烟从苹果枝杈间升成一根柱子，烟柱中有黑蝶般的纸灰在盘旋上升。女人们的哭声高亢了一阵子，就低沉下来，只有一个嗓门还亮，其余的便愈来愈弱，终于无有。拉拉杂杂一群人从果园里出来，几个女人手提着白布，飞一样往村里赶。女孩空手出来，随着人走，翠绿赶车人把她抱到车上，她却从车上跳下，在路边上摘了一朵粉红的喇叭花，只手举到嘴边，噗噗地往花上吹气……

站在炕前，他周身寒彻，那个僵男人用蛇一样的眼睛死盯着他。他不敢看那两只阴鸷的眼睛。

当天夜里，他潜到苹果园外，他未从园门走，园门口有一个半聋半哑的老头守着，他用撬棍把臭杞树丛别出一个刚容进人的洞口，四肢着地钻进去。后半夜了，果园里死水深潭般安静，半块月饼似的昏黄月光把果树弄得像团团烟雾，苹果花散着甜甜的香气，苹果树枝叶纹丝不动，偶尔有花瓣飘然落地，在月下变成温柔雪片，瑟瑟生凉意。他一身黑衣，紧袖薄鞋，蹑手蹑脚，从这团阴影进那团阴影。他左手提一支短柄尖头锹，右手提一支尖头铁锹棍，站在下午刚筑起的新坟前。坟上新鲜的黄土湿气发散，使周围空气滋润沉重，坟头上用一块红砖头压着一张黄表纸。坟前框着四块新砖，砖框里有黑色的纸灰和未燃尽的圆圆的纸片。他熟知乡里葬俗，把四块新砖扔到一边，把锹棍插在旁边，便跑在坟前，运起短锹，飞速挖土，片刻工夫，便把坟头挖去半边，锹刃碰撞着墓中砖头，铿锵有声。新坟的土暄腾腾的，挖起来毫不费劲，很快，便挖出了圆拱形的坟门。坟门是用砖头斜叉起来的，活儿粗糙，根本不用铁锹拆。他伸进手，抽出一块砖头，一道紫红的灯光从坟洞里射出来。他头皮一炸，马上又不炸了。坟里的灯光是长明灯发出，长明灯不灭，坟里空气未尽，不会有秽气侵入，这也是盗新坟的好处。他手如飞喙，一会儿就拆通坟门，拔出锹棍，他钻进坟洞。坟洞也是圆拱形的，在中间他可以勉强直立。洞壁上凿出一个坑，坑里摆着一盏豆油灯，灯油尚有半盏，坟门大开，空气袭进，豆油灯燃得异常明亮。他把铁锹的尖扁嘴插进棺材盖板与棺材立板的缝隙里，用力锹了一下，棺材板子咯咯吱吱地响着，响得人胆寒。他转圈撬动盖板，最后在一边伸进半截锹棍，用力一掀，听到铁钉从板子里嗞嗞响着拔出，盖板滑到一侧，他闪一下身，让灯光照过来，棺材里温热袭袭。他揭掉那张蒙脸的黄表纸，露出一张银盘似的圆脸，唇边的茸毛细细，双唇略开，露着一线白牙。女尸身上盖着一床薄绸被，料子贵重，颜色鲜艳，定可卖大价，他高兴异常，捆起薄绸被，叠几叠，扔到坟外。女尸平平展展地躺在棺材里，她上身穿一件深红灯芯绒褂子，下身穿一条蓝灯芯绒裤子，脚上是一双松紧口白底鞋，一双蓝白条纹尼龙袜。这一套衣服也使他满意。他把女尸从棺材里拉起来，出人意料的是，姑娘身体柔软，似乎还热乎乎的。按照惯例，他把一个绳套子先套在自己脖子上，又套在姑娘脖子上，死人应像棍一样硬，站起来便于剥衣。可这个姑娘不硬，她的头软软绵绵地歪来歪去，他累得气喘吁吁，也没能让她随着自己站起来，只好让她坐着，自己也坐着。他解开条绒上衣的扣子剥下来，里边是一件碎花布衫，有七八成新，犹豫了一下，还是动手剥，伸手至两乳间，觉得她肌肤温热，滑腻不留手，心里锣鼓齐鸣，妄想联翩，刚要动作，就听到她咽喉里咕噜一声响，下面也咚一声响，玉脸上细眉抽动，眼睛看看要睁开的样子……

他避开那双阴鸷如蜥蜴类爬行动物的眼睛，去看窗上惨白的窗纸，电灯光咝咝有声，照着那男人的令人恶心的肉体。他看到男人的喉结又尖又高，伸手过去，刚触皮肤便如摸了蛇一样。他不忍下手。男人身体的每一个部位都令他恶心。他从炕角上提过一个枕头，按到男人脸上……

女人眉动目开，吐出长长一口气，吓得他魂飞魄散屁滚尿流，起身要跑，却怎么也动弹不了，姑娘的身子随着他乱舞……

他用力往下按枕头，枕头下响着粗重的喘息。

折腾好一会儿，才恍然大悟地摘下脖子上的绳套，对准姑娘的胸膛捅了一拳，跳起就跑，脑袋在坟壁上撞起大包也不觉疼。跳出坟洞，听到背后一个女人凄厉地叫一声，苹果花纷纷落地，他的腿像扭麻绳一样，怎么也难跑快，慌忙中不择路，撞了树，遭了臭杞的针扎，转圈跑到园门，撞开栅门，一溜狼烟走了。后边脚步杂沓，那女尸追上来了……

他看到他的脖子上血管跳起，颜色青紫，手腕阵阵软，胃打着卷动。他不敢松手，把上半身的重量都压了上去，听到那人下边撒了一股气。他扔下枕头，跑到外屋，捏住喉咙，忍住恶心。

他跳沟过壕，不敢回头，不回头也知道那起尸鬼深红褂子如血染，蓬头散发……

"完事了吗？"白荞麦问他。他猛抬头，见她深红褂子如血染，蓬头散发，敞着胸露着乳，一步步逼来。他腿软得没筋没骨，溜着墙瘫在地上。

七

杨六九失踪后第三天早晨，罗锅老刘起来烧饭，从烟囱根上撒尿回来时，忽听到西边轰轰隆隆的机器响，脚下的地皮似乎也在轻轻颤抖。从他们修出来的新路上，有一个庞然大物爬过来了。那物生着两个巨大的轮子，前边一个略小后边那个大，轮子上坐着一间方方正正的小铁屋，小屋上涂着绿漆，绿漆中安着玻璃，玻璃上阳光灿烂，阳光中有两个黑乎乎的影子。大物沉着地往前爬。老刘寻思片刻，抄起一根木棍子，走到筑路工睡觉的窝棚前，用力敲打席子。杨六九失踪后，筑路工们一直躺在棚子里睡觉，脸都睡肿了。小孙和他老婆孩子住在河堤下一个临时搭起的小窝棚里,老刘也走过去用棍子敲敲棚顶,然后往回走。晕头转向的筑路工从窝棚里钻出来,有打哈欠伸懒腰的,有搓眼睛的。

"老刘,开饭了吗?"

老刘只顾往伙房里走,不答话。

"快看,路上!"

"哎哟亲天老爷,那是个什么怪?"

"坦克?"

"来坦克啦,来坦克啦!快来看坦克呀!"

"不是坦克,坦克前头还有一管炮呢!"

"炮缩进肚子里去啦。"

"你以为坦克是老鳖,能把脖子缩进去?"

"怎么不是,不是说打新沙皇的乌龟壳吗?"

"那不过是打个比方给你听。"

小孙也凑上来看热闹。

庞然大物越爬越近,两个大铁轮子转得缓慢,轮子上写着白漆字一会儿转到下面,一会儿转到上面。小孙说:"压路机!"

"什么压路机?"

"压路的压路机,没见过吧?"

压路机把崭新的路面压出一道明显的凹槽,凹槽从无穷无尽的西方一直伸展过来,人们看着凹槽的延伸,心里沉重,脸上失色。压路机隆隆吼叫着爬到沥青路尽头,停住不动。从方方正正的驾驶楼里,左边跳出一个人,右边跳出人一个。两个人一前一后,向着窝棚走来。筑路工们呆呆成泥塑,眼珠不转地看着两个人一步步走近。走在前头的是个三十多岁的男人,穿一身褪色黄衣,戴一顶发白的黄帽。跟在后边的是个二十岁出头的小伙子,高大健壮像匹儿马蛋子。两个人走到筑路工面前,立脚未稳,黄衣人就问:"杨六九在哪儿?"

众人面面相觑,不敢开口说话。

"杨六九在吗?谁是杨六九?"黄衣人又问。他的衣领上和帽檐上有鲜明的痕迹,黑脸有边有角,嘴里镶着两颗白亮的钢牙。

小孙说:"杨六九……走了,好几天没见影儿啦……"

"现在谁是负责人?"黄衣人问。

"没人负责。"小孙说。

"这是新来的王队长。"青年小伙子说。

"你叫什么?"王队长问。

"孙巴。"

"孙巴?好,"王队长笑笑说,"你去把所有的人都找来。"

小孙钻进窝棚大喊:"快起来快起来,新来的王队长要训话。"

王队长说,上级派我来领导你们筑路,原来的郭队长升任了公路局革委会副主任。上级对这条路非常重视,对你们的工作还比较满意,你们都犯过错误,应该出大力流大汗,大批促大干,革命加拼命,拼命干革命,一不怕苦,二不怕死,加强纪律性,革命无不胜,提高警惕,严防阶级敌人破坏,你们嘛,还是可以救药的,医生给你们把阑尾割掉就好了。为提高筑路速度,上级派我来,还派来一台压路机,这是机手武东同志。下面全队集合点名。站成两列,面向我,排头在南,集合。

筑路工东一个西一个,谁也不会动。

"集合了,听到没有,两列横队排头在南面向我,你们听到了没有?"王队长急了。

武东说:"让你们站队喽,站成两行。"

筑路工羞羞答答地凑成一堆,有的人咧着嘴不知哭笑,有的人用手摸屁股。

王队长一手扯住一个高个子筑路工,像栽葱一样把他俩栽定,说:"接着他俩向后站。"

终于排成两条弯弯曲曲的队伍，王队长摇着头喊："都有啦——立正——立正了，谁还乱动？你摸鼻子干什么？还摸，说你呐！你以为我说谁？向右看齐——往哪看？哪是右？哪是右？向前看，稍息。下面点名。我说点名你们要在下面立正，怎么搞的，立正！我让你们稍息你们才能稍息。杨六九——杨六九！"

"报告队长，杨六九跑了！"小孙说。

"跑到哪儿去啦？"

"报告队长，不知道。"

"跑不了他！来书——来书呢？"

"报告队长，来书在那儿掘耗子。"

"在哪儿掘耗子？"

"在那儿。"

"你快去叫他。"

小孙跑出队，跑向河堤，边跑边喊："老来，老来，别他妈的瞎掘了，你掘的耗子呢？王队长点名叫你，要拉出去毙了你哩！"

来书弯腰提锹跑来，黄着脸问："什么王队长？"

"走吧，够你喝一壶了，王队长是威虎山上的团副，来抓你小子。"小孙说。

"抓我干什么？抓我干什么？"

"报告王队长,来书到了。"小孙说。

"入列!"王队长喊。

小孙眨巴着眼不动。

"入列!入到队里去!"

小孙进队。

"你叫来书?"

"是队长,小人来书。"

"你干什么去了?"

"摁耗子去啦。"

"谁让你去的?"

"我……毛主席说,人民公社一定要把耗子斩尽杀绝。"

"入列。"

来弓入列。

"刘得利!"王队长喊,"刘得利呢?"

刘罗锅子从伙房里出来,说:"小人在。"

王队长说,筑路工们,从今天起,我们要行动军事化、战斗化,加快工程进度,争取元旦通车,给帝修反一记清脆响亮的耳光。那时候,你们也就可以回家啦。杨六九跑不了,跑到哪里也不行,布下天罗地网。下面回去整理内务、洗脸刷牙,解散。

武东带着几个健壮的筑路工,从压路机后边挂的拖斗上搬下行车,帐篷,铁床。

吃过饭后王队长视察工地,武东带人在伙房窝棚对面支起帐篷架好铁床。

杨六九失踪后第四天,王队长在帐篷门口挂了一块白木牌子,牌子上写着红字。王队长说帐篷是队部,筑路工进帐篷要先喊报告,让进才能进。武东在伙房门口栽了一根木头,木头上头绑着横木,横木上挂着半截铁轨。栽完后,武东用一根螺丝杠敲了敲铁轨,声音清脆警惕。

杨六九失踪后第五天,王队长宣布,由压路机手武东兼任筑路队生活会计,罗锅老刘交出钱柜,账目暂时冻结,等抓回杨六九再查。王队长还说,孙巴的家属可以在这里住,但吃饭要交钱交粮票。

杨六九失踪后第七天上午,公路上开来一辆卡车,从车上卸下十桶柴油。下午,开来二十辆黄河牌大卡车,车上拉的全是大块的沥青。沥青卸在窝棚后边的碱土地上,巍巍峨峨像座山一样。

杨六九走后第八天上午,公路上开来一辆草绿色摩托车,摩托车三个轮子。车上骑着一个白衣警察,另一个白衣警察坐在后边,搂着骑摩托警察的腰。摩托车在工地前边熄了火，两个警察跳下来，他们俩像双胞胎一样相像，腰里扎着香色宽皮带，皮带上挂着手枪。刘罗锅吓得半死，躲在窝棚里不动，从席缝里看着警察。警察走到帆布帐篷前，在那个小铁门旁边摽着，一个警察用手巴骨敲铁门，另一个警察不动。小铁门开了，王队长走出来，一个警察说："你是王云芝吗？"王队长说："是呀。"一个警察拿出一块纸一晃，另一个警察同时把两个亮晶晶的钢圈箍在王队长手脖子上。"王云芝你被捕啦！"一个警察说。王队长大惊狂呼："你们胡闹！你们一定搞错了。"一个警察说："少废话，有冤有屈回去诉，跟我们说管什么用。"警察把王队长推进摩托车斗。一个警察踩了一下机关，摩托车屁股里蹿出蓝白烟圈，车轮子先转得辐条清晰，立刻就快得了不得，比狗撵疯了的野兔子还快。

王队长被抓走第三天上午，刘罗锅把水缸挑满，坐在铺上吸烟。忽听到窝棚外有人羞怯怯地喊："大叔，大叔，要不要韭菜？"刘罗锅把烟锅里火倒在裤子上，又急急拂掉。他弯着腰跑出窝棚，一看，心里酸甜麻辣，差点泪出，果然又是那卖韭菜的瘦长姑娘来了。自从杨六九失踪之后，白荞麦和瘦姑娘也不见了，每天上午窝棚门口出现一个白肥女人清瘦姑娘的情景像多年前的一个大梦，不知是真是假。姑娘又来了，刘罗锅竟感到六神无主，天亮得不敢睁眼，刚刚恢复的行动平衡准确感顷刻没了，他几乎站不住。姑娘好像胖一些了，苍白的脸上泅出一些薄薄的桃红。她背着一个长长的柳条篓子，篓子里盛着一捆捆韭菜。韭菜根儿雪白，韭菜叶儿鲜绿，叶尖儿紫红。

"大叔，您买韭菜不？"她乞怜般地问。

"买，买……闺女，你先把篓子放下。"他走到姑娘身后，双手把沉重的篓子接住。姑娘一转身，篓子落在刘罗锅怀里。甜丝丝辣乎乎的韭菜味儿扑向他的眼，使他的眼睛潮湿有水。面前的姑娘瘦腰削肩，挺挺秀秀地站着，比他高出几乎一头。他放下篓子，用力直腰，但直起来的只是一段脖子。

"闺女，你有好些日子不来啦。"

"韭菜……没长起来……"

"闺女，你娘的病好些了吗？"

"好多了，多亏大叔照顾，我对俺娘说了，俺娘说你是个好人，她说，等她能走路了，就到工地上来看您。"

"啊……你娘呀……你娘是这样说的……"

"是这样说的，她亲口对我说的。"

"你叫什么来着?"

"回秀。"

"你原来就叫回秀?"

"嗯。"

"不是后来改过名字?"

"不是。"

"你爹……待你还好?"

"俺爹生活困难那年得水肿病死啦,那时候,我还不大记得住事。"

"你还有兄弟姐妹?"

"没有。大叔,您要韭菜吗?"

"闺女,我已经不管买菜的事了。我们这儿来了新领导,有了会计。"

"那俺背到集上去卖啦。"

"不急,闺女,你等等,我去给你问问,要是买,就省你跑腿,早些回家,让你娘放心。"

"大叔,您的心真好。"

他蹒蹒跚跚走到队部帐篷前,站在门口,喊一声"报告"。帐篷里琴声呜呜响,像哭一样。他又喊一声"报告",琴声不断,小铁门却向外开了,压路机手武东,嘴里叼着琴从帐篷里钻出来。

"有什么事？"机手从嘴上摘下口琴问。

"会计，您看，那个姑娘来卖韭菜，您看，她娘病着，等着钱抓药。"

"你怎么知道得这么清楚？"

"会计……"

"昨天刚买了土豆子嘛！"

"会计，她的韭菜嫩，您去看看，去看看，她的韭菜嫩……"

武东抬起头，看着在伙房窝棚前规规矩矩地站着的高个子姑娘。他把口琴甩了甩，装进口袋，吹着口哨向姑娘走去。刘罗锅跟在后边，看着小伙子瘦削挺拔的腿，听着那悦耳的口哨声，心里顿时有一片阴云罩上来。这个高大健壮的小伙子拦住了他的视线，使他看不到回秀姑娘，他往旁边侧身，小伙子也往旁边侧身。

他站在一旁，看着武东和颜悦色地与姑娘讲话，那两只漂漂亮亮的大眼睛紧盯着姑娘的脸。两个年轻人都像白杨树一样往上钻着，他的腰更弯了。小伙的漂亮眼把姑娘看低了头，像蚊子嗡嗡一样回答着问话。

他正迷糊着呢，听到武东说："老刘，你给她把韭菜称称，我们全买了。"

姑娘抢着说："大叔，不用称，一斤一把，光多不少。"

"好，不用称，绝对相信你，"武东说，"老刘，你给她数数把吧。"

"不用数，三十把，不会少的。"

"好，不数，老刘，你帮她搬到屋里去吧！"

"我自己来。"姑娘弯腰提起篓子，进了窝棚，老刘跟进去，姑娘说，"大叔，放哪儿？"

"就，就放到地上吧！"

姑娘把韭菜一把把摆好，摆成一个下宽上尖的韭菜三角形，韭菜根儿齐齐的，不知有几千几百棵。

武东说："来算账领钱吧！"

"大叔，多谢您啦！"姑娘提着篓子跟着武东向队部帐篷走去，他看着两个尖上拔尖的身材，哽了一会儿，才咽气般说："不谢，不谢……"姑娘连头也没回，满身轻松地跟着武东走。武东又掏出口琴，吱吱呀呀地吹进帐篷里去。姑娘站在门口，武东喊："进来吧！"

姑娘放下篓子，犹豫了一下，弯腰钻进帐篷。

刘罗锅跌坐在地上，喃喃地说："闺女，我的闺女，是我的闺女。"

连续几天，姑娘准时出现，算账时，她总是在帐篷外犹豫一下，武东让她进去她才进去。

这一天，她钻进帐篷，久久不见出来，帐篷里响着单调重复的欢快琴声，帐篷门开着，阳光斜照进去，老刘坐在伙房里，把帐篷里一切都看清楚了。武东面向南坐在铁床上，姑娘面向北坐着一把椅子，口琴在武东嘴里来回滑动，姑娘恭恭敬敬，好像在受教育。吹一会儿琴，小伙子露出嘴，好像说了几句什么话，然后又把琴塞到嘴里，双手捂着，好像啃老玉米一样，那只穿着白运动鞋的脚还一颠一颠地抖着。

后来，小伙子吹着琴站起来，走到帐篷口，抬起白球鞋和脚，用力把门踢上了。老刘的目光被绿色小铁门挡回来了，他的心也一下子跳起来，好像悬在嗓子眼里，只要张嘴就会吐出来。他从铺上下来，身子向前冲几步，又猛刹住步子，立脚跟跄。他又退回铺边，掏出烟袋，放下烟袋，把烟袋插进嘴里，又拔出来扔到铺上。"这是我的闺女！我不能让你这么干，不能让你占便宜……"他神言神语着，跳到帐篷前，用脑袋和双手把门撞开，整个人前蹿进了帐篷。坐在姑娘身边的小伙子站起来，怒冲冲地骂道："老混蛋，进门为什么不报告？"

姑娘面红耳赤地站起来，目光纷乱，像喝醉了酒一样。

他讷讷地说:"我忘了,忘了。"

"有什么事?"小伙子问。

"……我……想问问,这韭菜怎么个吃法?"

"韭菜炒土豆!"

他诺诺连声退出帐篷,走出几步后,小伙子在帐篷里对姑娘说:"筑路队里没个好人,什么盗窃犯、赌博犯、流氓犯,五毒俱全。抓进监牢吧又不太够格,放了又可惜,县革委聪明,就把这些人弄来筑路。"

"这是劳改队?"

"也不是劳改队。"

"这个大叔挺善良的。"

"伪装,这老家伙可会伪装啦!"

铁门关起,立刻又开了,姑娘说:"你别……俺要回家去看看俺娘。"

"你明天还送菜来吧,早点儿来,我教你开压路机。"

姑娘背着空篓子,急匆匆走了。

姑娘果然又来了,背着一篓子菜。武东早就看到她了,老远就喊:"回秀,你把菜送进伙房,等我教你开车。"

回秀把韭菜摆在老地方,提起空篓子,用戒备的眼睛看着老刘。

"鲤嫚……你可不要上了人家的当啊……"刘罗锅说。

姑娘惊问："大叔，您说什么？"

老刘醒来，满脸的阴云像破棉絮般散了。他含混不清地说："啊，闺女，我在说梦话呢，我老糊涂了，我想起自己的女儿啦……"

"你女儿叫鲤嫚？"

"鲤嫚。生她那年，我在河里叉到一条红鲤鱼……"

"回秀，回秀！"机手武东在外边叫起来。

姑娘等不得他把话说完，就应着武东的呼唤跑去，菜篓扔在地上忘了提。他目送着姑娘活泼扭动的腰肢，心里有说不出的苦。

回秀朝着武东跑，就像蝴蝶奔着花儿飞。武东穿一身淡蓝色帆布工作服，脖子上围着一条白毛巾，潇洒漂亮，脚像刚钉了蹄铁的儿马蹄子一样乱弹。他手里提着一条紫红的纱巾，说："回秀，送你缠头吧，这是我妹妹的，扔在我这儿忘了拿啦。"

回秀说："俺不要。"

"要吧，要吧……我要你要……"武东把纱巾抖开，像网鱼一样网住了姑娘的头。

他眼前红光一闪,罗锅腰子里一阵钝痛,他沉重地吐了一口气。

"你说你像什么?"小伙子问。

"俺怎么知道,你说吧?"

"像个新媳妇。"

"……你,你瞎说……"她的脸也像那条纱巾一样红了。

"走吧!让你看看我的压路机。你想学开压路机吗?"

"俺笨,学不会的。"

"你一点不笨,你一定能学会。"

他看到武东握住姑娘的手,姑娘扭怩了一下,但还是被握着,两个年轻人朝着压路机走去。

筑路工们已经把路延伸出去一大段,在离窝棚几百米远的地方,一方方的黑土划着或长或短的弧线向应该是路的地方飞。压路机停在成形路段的尽头,像一匹兽。两个年轻人立在压路机前,身躯窈窕得柳摆鹤形,姑娘头上的红纱巾被小伙子捣鼓得高高耸立,像颗美人蕉,也像只大公鸡冠子。小伙子颈上的白毛巾也白得新奇。老刘如痴如醉地看着他们。小伙子拉开车门,帮姑娘上车时,似乎无意地托着姑娘的屁股。他心中怒火燃烧。姑娘爬进驾驶楼，小伙子推上车门，转到另一边去，也爬进了驾驶楼。马达轰轰几声响，尖利嘶哑，车侧的烟筒里，愤怒地喷出几圈硬邦邦的蓝烟。马达声吵噪一阵，渐渐平缓均匀起来，车周围，缠绕着一些漂亮的烟雾。巨大的铁磙子开始转动，磙子上的白漆字翻上翻下。车向前开了几十米，又笨拙地拐弯爬回来，磙子上的白漆字依然翻来覆去，但是，他知道这不是方才那些白漆字，那些白漆字在磙子的那头颠倒乾坤。从车窗玻璃上，他看到车里一团鲜红。这团红色使他心中烦乱。不知从什么地方冒出了几个土蚂蚱一样的孩子，跟着压路机蹦蹦跳跳。压路机压过的地方，像磨刀石一样平坦。车里乱了一会儿，几条胳膊在绞动，那团红色曾经几次触到白毛巾上，又立即闪开。红头巾和白毛巾在混乱中调换了座位。压路机歪歪斜斜地走着，压出的印痕崎岖如蚓行……

阳光的影子几乎要笔直了，他才无可奈何地把眼睛从压路机玻璃上摘下来，匆匆忙忙地上屉和面，添水烧锅。小孙的女人带着女孩躲躲闪闪地进了伙房。他瞅她一眼，继续和面不止。

"大叔……"小孙女人哀哀地说。

他往笼屉上坨着窝窝头,看她一眼。

"大叔……早晨的剩饭还有吗……孩子要吃的……"

他看到女人的肚子似乎更大了,人站着前倾,而皮黄里透青,像半熟的杏子。小女孩扯着她的衣角躲在身后。

"在那个桶里,趁着头头不在,你全提走吧。"

女人呜噜不成语言,走到棚角提起桶,终于挤成一句话:"大叔,您是善心的菩萨。"

"快提走吧!"他说,"快点儿送回桶来。"

小孙女人送回桶,女孩一手扯着她的衣角,一手举着半块黄绿色的馒头。小孙女人说:"大叔,俺帮你把韭菜摘一摘吧。"

他没吭气。女人搬过一块木头坐着,解开一把韭菜,细心地摘着坏叶。女孩细声说:"娘,要韭菜。"女人看一眼老刘,叹一声:"你这个馋孩子呀。"说着,就抽出三棵粗大的韭菜,撩起衣襟擦擦根上的泥土,递给女孩。女孩接过韭菜,咯吱咯吱地吃。

这时,他听到窝棚外响动,回头看,武东和回秀说说笑笑地走过来了。小伙子手舞足蹈,满脸生光彩;姑娘的红纱巾移到脖颈上围着,像红皮鸡蛋一样的脸上挂着一层亮晶晶的汗珠。

"我说你能学会嘛,是不是,你果然一学就会,你真聪明。"

"是我开走的吗?我就用了那么点儿劲一踩铁闸它就爬开了吗?"

"没有假,就是你开走的。"

"那……那……"

"今天中午就在这儿吃饭吧。"

"不,不,俺娘会着急的……"

"吃完饭你就回去嘛,我让老刘给你加个菜。"

"不,不……"

"不什么?权当你去赶远集了嘛!"武东说着就到了伙房门口,脸上的幸福依然厚厚地堆积着,"老刘,炒的什么菜?噢,你还没炒菜?"

"炒,这就炒。"

"都十一点了,你还没把馒头上屉,你怎么搞的!"

"我……我睡着了……"

"快点儿!炒出大锅菜后,给我炒一盘鸡蛋,多加点儿油。"

"是,是。"

"你待会儿到队部里来拿鸡蛋。"

"是,是。"

"你蹲在这儿干什么？"武东问小孙的女人。

小孙的女人双手按着地，先翘起屁股，然后才直腰站起，喘息着说："看大叔忙不过来，我来帮帮忙……"

武东冷冷地看着就着韭菜吃馒头的女孩，说："你还不打算回去？你男人是当工人，又不是在办学习班。"

小孙女人满脸是羞，脖子仿佛挑不住头，嗫嚅着："就走……就走……领导，我这两天里就该生啦……过了七八天期啦，生了孩子我就走……领导，您就抬抬手吧，众人口角里漏点儿，就够俺娘儿们吃了……领导，就权当筑路队里养了两条……养了两条狗吧……"女人说不完话，就哽哽咽咽地哭起来。

他蓦然想起，那条独眼的狗在六天前就死了。死在河里，嘴扎在泥里，肚子胀得像个小水罐。

武东心烦意乱地说："行啦行啦，别哭了，愿意住你就住着吧。真也是的，明明知道穷，还是一窝一窝地生孩子……"

"这一胎要是生个男孩子，俺就去医院让人结扎……"小孙女人说。

"没事别到伙房里来转悠，出了事你担当得起吗？……担当不起，就是嘛，吃饭让小孙端回去。"武东说。

"唉,俺再也不来转悠了。"女人连声答应着,撩起衣襟擦着脸。

武东走出去,邀回秀到队部帐篷里去坐。

"俺该回去啦。"回秀说。

"我教你吹口琴。"

"俺学不会。"

"你一定能学会。"

武东拉住回秀的手,回秀半依半拒地跟他进了帐篷。

……他尾随着武东走,尽力把弯曲的腰伸直,以便开阔视野,免得让小伙子从眼皮底下溜掉。天上星斗灼灼,路面花花绿绿。马桑镇上来了电,村中央高线杆上亮着一盏黄灯。武东从镇西头绕到镇前去,他走得机智伶俐,从一个树影闪进另一个树影。在镇前十字路口,武东隐进一棵枝繁叶茂的大树影子里去,再也见不到,他用力瞪眼,才模模糊糊地看到武东贴在树皮上的灰暗身影。他也就地蹲下,爬行到一块与窄窄土路毗连着的庄稼地里。地里的植物很矮,连他的膝盖都不到,他的肚腹平坦地触着植物的涩叶。他伸出老手,摸着干干巴巴的植物茎秆和一片片坚挺的小圆叶。想了半天，才猜到这些矮秆植物是花生。他拔出一墩，用手摸须根，果然摸到一些悬挂在根须上的小铃铛一样的果实。

中午饭到底是晚了点儿，武东恨不得踢他的屁股。"十二点半，老罗锅子，我看你是做够饭了吧！"武东说。他说："这就好了，这就好了。"炒了十四个鸡蛋，他倒进一勺子花生油。切上一小撮韭菜，他尽心尽力地要把这盘鸡蛋炒好。闺女，他想，我的闺女，十八年里，你恐怕没吃够十八个鸡蛋吧，我的闺女。鸡蛋炒熟了，盛了冒尖一铁碗，金黄翠绿，香气迷人。武东搔着鼻子说："不错，老刘，炒得一手好鸡蛋！"武东端着鸡蛋，又用筷子插了四个大馒头，说："你敲钟收工吧！往后不准你误饭。"

他用那根青色的铁螺栓打着悬吊的废钢轨，钢轨发出的声音清脆，穿透力极强。他看到武东一进帐篷就把那扇绿色小铁门关上了。筑路工们听到号令，扔掉工具，乱嚷嚷着往伙房这边有的不死不活地走有的疯疯癫癫地跑。

开完了饭，他又盛了一碗筑路工们吃的大锅菜，忐忐忑忑地走到队部门口，用脚踢了一下铁门，门是虚掩着的，竟被他一脚踢开。他看到小伙子夹着一块焦黄的鸡蛋正往姑娘嘴里送，姑娘躲躲闪闪地不肯开口。他说：

"报告！"

"你来干什么？"小伙子怒冲冲地说。

"报告会计，我给您送碗菜……今日的大锅菜里，加了两把虾皮子……"

"放在桌子上吧！"

一会儿工夫，他又到队部门前打门报告。

"你干什么？老家伙！"

"我把碗拿去洗洗……"

他拿了碗出来，姑娘也随着出来，小伙子着急地喊："别走呀，我还没教你吹口琴呢。"

"俺该回家看看啦，要不俺娘会惦记着的。"她为难地说。

"……也好，"小伙子跟上去，说，"我送送你。"

……他把一粒花生撕下来，剥去皮，把两粒水泡泡样的花生米填进嘴，嫩花生有一股怪味道，他咽不下，吐了。

他终于看到有一个瘦长的影子避避映映地从镇子

里出来，走到大树下，贴在树皮上的武东蹿出来，压低声音说："你到底来啦。"姑娘说了一句什么，他没听清。武东说："咱俩是光明正大的，怕谁？我爸爸和妈妈都是党员，我是团员。""我就是怕……也不知道怕什么……"姑娘说，下面的话喊喊喳喳，他竖起耳朵也辨别不清。

两个影子紧紧依着，依稀是手拉着手，沿着土路向东走去，他从花生地爬出来，悄悄地尾随着。

向东走了约有五十步，一条南北向小径与东西路交叉起来成一个灰白十字，两个影子顿了一霎，即沿着小径向南飘去。他随后跟上。

小径两边是人头高的青麻，麻叶上鸣虫凄凉，一声声动人的魂，麻地里溢出浓烈的炒豆焦香。

"后边好像有人跟着。"姑娘说。

他吓得俯身贴地，气不敢喘。

"没有，"小伙子说，"你别自己吓唬自己啦。"

"我听到有脚步声。"

"那是我们的脚步声。"

"白天，那个罗锅老头好像看出我们了，他那眼叫我怕。"

"怕他？我揍死他。你真是自己找怕。"

两个年轻人又往前走了,他爬起来,脱掉鞋用手提着,赤着脚摸着路走,路上厚厚的浮土被白天的太阳晒得热乎乎的。

"我们到那儿去坐坐吧。"小伙子说。

"去哪儿?"

"那个土包上。"

"不,不去那儿。"

"怎么啦?那上边多平展。"

"那儿原先是破砖窑,窑里闹鬼。"

"什么鬼呀?"

"一个男鬼一个女鬼,前几年,每逢阴天下雨,就有鬼在那儿哭。"

小伙子笑起来,说:"迷信,世界上根本就没有鬼。"

"你不信呀?"

"不信。"

"是真的,好多人都听到过,总是女鬼先哭几声,男鬼也跟着哭,像狼叫一样。"

"你听到过?"

"我没听到过,俺娘说她听到过。"

"鬼也怕我,走,跟我上去坐。"

"我不……"

"有我在你什么都别怕,大鬼小鬼都经不起我一拳头,我练过武术呢!"

小伙子把姑娘牵到那个土包子上。

他贴着麻地边缘往前爬,爬到离土包子十几步的地方,他停住不动。爬行中灰土进入喉咙,有一行咳嗽要冲出来,他从路边揪了几片野草叶子塞进嘴嚼着,嚼得满嘴苦水。

"你不是逗着我玩吧?"姑娘问。

"你怎么老是这样问?"

"我不信你会要我,我没文化,长得也不好看。"

"你很漂亮,我喜欢你。"

"你真的会带我去县里吗。"

"真的……"

"哎……你别……能连俺娘也带去吗?"

"行吧……"

"你不会喜欢我……哟……你是在欺骗我,我听到心里有个人说你骗我……"

"你要我发誓吗?要吗?要是我骗回秀,让我马上就死!"

"好人,别说了……"

他看到两个黑影紧紧地黏在一起了,他听到武东粗重的喘息,他听到姑娘断断续续地说:"你别这样……别别别……咱还没成亲呐……"

他的心里难以说清是什么滋味,他感到自己就要死了,他感到自己不如死了。一股灼热的气流涌上喉头,他张大嘴巴,发出一声凄厉的长嗥。

"鬼……"回秀推开武东,惊叫着跳起来。

发出第一声长嗥后,他得到一种愉快的感觉,嗓子像开了闸的激流,压抑多年的痴情与愤怒化为不男不女的尖利嗥叫奔涌而去。他把头往后仰着,用一根手指敲打着紧张抖动着的喉咙,使发出的声音高高低低、曲曲折折的,小号也难匹敌。

回秀跳下土丘子,不辨方向,沿着小径狂奔,武东跟下土丘,向发出怪声的地方看了一眼,也立即调转身,追着回秀跑去……

在他最后的日子里,回秀背着一篓子白皮菜瓜进了伙房,她没跟他打招呼,放下篓子就要走,他堵在洞口挡住了她。

"大叔……您有事?"

"闺女……你是我亲生的闺女!"

姑娘苦涩地笑着说:"大叔,您别和俺闹着玩了……"

"不是闹着玩,闺女,你听我说,你原来叫鲤嫚,你娘生你那天,我叉到一条红鲤鱼,后来,你娘跟着人跑了,我来抢你,被人把腰打断了……"

"大叔,您又说梦话了,俺爹死时我都记事了,俺爹把粮食省给我吃,自己饿出了水肿病,死了……您怎么敢冒充俺爹?"

"鲤嫚,我是你亲爹,你身上有记号,你肚脐下有块黑痣……"他把回秀推到铺上,伸手去解她的裤子。

"老头,老头,你干什么?救命哪!"姑娘挣扎着,高叫着。

他的手刚触到姑娘滚烫的肚皮,就听到身后一声厉喝:"住手,老狗!"

姑娘见是武东,停止挣扎掩面痛哭起来,一边哭,一边骂:"老流氓……老骚性……他说我是他的女儿,说着,就上来……剥我的裤子……老流氓……"

他像走进了漫天大雾中,眼睛看不清什物,姑娘的脸幻成一团脏石灰一样的白影子,他说:"闺女……你叫鲤嫚,你娘生你那天,我叉到一条红鲤鱼……你肚脐下一块黑……"

武东攥起结结实实的大拳头，对准他的土黄色太阳穴，猛力一击，他仅仅来得及猫叫一声，就像一袋子面粉，软不拉塌地、沉重地歪在地上。

八

傍晚时分，太阳把半个天烤红了。一片片云朵伸展开放，最后连接成营，遮住了半边天。云霞没遮住的天，像沉重的钢，泛着悒郁的光。马桑镇中间响起三阵急促锣声，一个女人抖着久经训练的嗓子喊："留柱——留柱——来家吃饭——"筑路工匆匆吃过晚饭，便鱼贯钻进窝棚，窝棚顶梁上的马灯罩子被油烟熏得乌黑，点着灯跟没点灯差不多。

来书升任了炊事员，他收拾完活儿，躺在曾经躺过刘罗锅的铺上，手挥着蚊子，眼睛却通过小门看北边的天。天上，每隔几秒钟就亮一道绿色闪电。闪电杈枝纵横，咄咄逼人。柏油未干的路面，坦坦荡荡的荒原，都在急遽的光明中跳踉叫嚣，路似黑狗帮，野驰白羊群，在倾斜的光明中追逐，连成一套的雷声缓慢袭来，好像有几万只空水桶拥挤碰撞着滚过来了。

要下雨啦，他想，严重的干旱把地干成焦土把人的嘴和脸干裂了缝。离开庄稼地有几个年头啦，他几乎忘记了农民盼雨的心情。他也盼雨，因为他自觉着像一棵生长在黑土裂缝中的高粱，耳朵和手脚都在萎缩。刘罗锅不在了，他自告奋勇当炊事员。要下雨了，下雨是神圣的娘娘出巡，走到哪里哪里强。雨水会把土地灌饱，会把埋葬地下的宝物冲刷出来。他当了炊事员，主要是为了避开大家的手脚，去荒滩上寻点宝。伙房里地盘大，有多少宝贝也能藏下。白桑树下的金银坛子令他牵肠挂肚，现在可以把它起出来了。

闪电蓝白夹杂，抖得天地如筛糠般惊悸。他提着铁锹溜出窝棚，在门口蹲着观察了一会儿，确信筑路工们都睡死了。前天夜里他走到白桑树附近时，身后突然有人声，他被吓木了，哆嗦着转回身，嘴里发出不由自主的示威声。"来大哥。"一个小矮人在叫他。原来是孙巴，孙巴的眼睛在暗夜里闪烁。他紧张地攥住锹把，想只要小孙一提起这事就把他的头铲掉。小孙却说："大哥……你又来掘耗子？多少天了，你老掘老掘，也没见你掘到只耗子。""你要干什么？"他端着铁锹问。"大哥，求求您啦，您也知道，我老婆就要生啦，她吃不下窝窝头……求求您，给我几个馒头……"小孙弯腰作揖。他全身的肉松弛了，宽宏大量地说："好吧，看在咱弟兄们的情谊上。"他给了小孙六个馒头,送小孙走了后,又回到白桑树下,挖开盖土,摸摸坛里的东西,才回伙房睡觉。

窝棚上的苇席在闪电中似乎要飞起来,筑路工们鼾声融进闪电里,使闪电混浊不清。他直腰放胆向白桑树走去。地上的碱土腥得像鱼鳞,空中潮乎乎的,风动摇不定,难辨方向。镇里那个女人呼唤孩子的声音低沉怪诞,晃晃荡荡得像半老女人的奶子。他记不清那女人原来的声音是不是这样,他感到一阵恐怖袭上来,闪电亮起他怕,闪电熄灭也怕。

要下雨了,该下雨了,一年没下雨了。

在一个长长的开花闪电中,那棵白桑树像跳舞样向外伸展着枝条。他看到拳大的桑叶上落着厚厚的尘土,桑叶在闪电中呈现火红色,桑树干上遭他铲过的地方结了一条乌黑的长疤,疤上凝结着一层黏稠透明的树油,桑枝丫杈里有一簇簇的小刺球儿。

又一个闪电,他看到桑树下那片蒺藜颜色苍白,梗叶枯萎,与周围的黑绿蒺藜形成鲜明对照,他心里一阵发紧。

他跪在树下,扔掉铁锹,提起那墩蒺藜,扔到一边,用手扒开一层薄土,扒出了坛口。闪电不断把坛子亮给他看。他拔掉破布塞子,把手伸进坛里。闪电中,他的脸变形成鬼,双眼暴凸,嘴巴张开,他"啊",再"啊"着把坛子提出来,闪电射进坛口,照得那两只红鲤鱼像活了一样。坛子空了,金银财宝没了。他把坛子倒过来。坛子空了。他扔掉坛子,坛子滚下堤。他把破布塞子抖开,把土坑周围摸遍,把那墩蒺藜捏碎。闪电、桑树枝像鹰爪子一样罩着他的头,天低云暗,夜鸟向北飞,空坛子里的红鲤鱼在游动。他站起来,前俯后仰,像一株茎儿纤弱的毒蘑菇,沉重的头颅几乎把他压倒。他操起铁锹打碎坛子,黏黏腻腻地喊着:"你别吓唬我,你别吓唬我……"

他摸抚着一块块坚硬的碎片,口中念念有词。雨点抽到他身上,像抽着一段朽木。闪电簌簌地亮,亮开黑暗时,他就感到胸膛裂开,哗然有声,好似裁缝扯布。冰冷的雨点像坚硬的鸡嘴,把他的心脏啄成一个千麻百坑的烂萝卜。闪电熄灭,胸脯合拢,心脏凝成一个冰坨子,一丝温热被冰坨子挤压上升,变成打呃般的哭泣从鼻孔里溢出。雨打头颅声空洞优雅,像打着干葫芦。从他周围有若干种声音扑来:风吹柳叶笛,火燎芦苇席,驴啃枯树皮……

昨天夜里,它们还硬硬地在坛子里睡着。白天,他挑水时看着这里，洗菜时看着这里，烧火时看着这里。他在席棚南边戳了个拳大的窟窿，窟窿对着这棵白桑树。白桑树下一天没事。中午时一个白胡子老头把一匹黑驴拴在白桑树上，驴站在河堤上，无聊地啃树皮，白胡子老头蹲在驴旁抽旱烟。当时，他握一柄菜刀飞跑过去，把老头骂了一顿，理由是驴啃树皮。老头吓得半死，牵着驴逃走。后来，树上还落过一只喜鹊几只麻雀。老头和驴子一直在他视线内，喜鹊麻雀没落地，他们不会弄走金银。一定是耗子拖走了。他爬到白桑树下，土坑里已积满雨水，雨点把土坑边缘打得破烂不堪。他把手伸进水里摸着，水冰冷刺骨，他的手指钻进烂泥，有根柔韧的东西使他的心狂跳，用力拽出原来是白桑树的树根，闪电照亮树根和土坑边一条粗壮的白颈红蚯蚓，那块堵坛口的破布散开成一个汗背心形状。不是耗子，他记起来了，他适才扒开土时，坛口是紧堵着的。"狗娘养的！狗娘养的！"他对着乌黑的天怒骂，急雨干硬地插进他的嘴里，戳得他哽咽抽噎……蓦地，他的眼前跳出一张狡猾的小脸，小脸上那个嘴启动发声："你又去掘耗子？……总也没见到你掘出个耗子来……"

他突然明白了，脑袋变得清清爽爽。是这个贼，一定是这个贼！他想起来了，午饭时，这个贼鬼鬼祟祟地笑，给他盛菜时他那只鸡爪子像抽筋一样。操你亲娘孙巴！

他沿着在急雨中弯曲的小路，游水般向东去。闪电破天，雷声激动着一块块破云，他愤怒得没了人形。挨着河堤那个小窝棚飘飘摇摇，一点鬼火在棚里摇曳，混浊的雨水绕着棚子流。"孙巴，你这个贼！"他骂着，屁股肩头沾着污泥浊水滑下了河堤。他捌开那块挡住窝棚洞口的破席片子，泥水淋漓地站在小孙的窝棚里。窝棚长不过四米宽不过三米，门口稀泥薄水，靠里边稍稍垫高的地面上，铺了一条席子，小孙的女人坦腹躺在席上，一声连一声地呻吟。半节指头粗细的小白蜡烛被夹着细小雨点的凉风扇着，东倒南歪地挣命，白泪流成了坨。小孙坐在席边，用肩膀抱着头。女孩缩在角棚上坐着，肩上披着一块化肥袋子纸，睡得呼呼响。他带进来的凉风扑灭蜡烛，小棚子一团漆黑。闪电一起，又青绿一片。小孙女人紫色的牙床都从嘴里露了出来。

"孙巴，你这个贼！"他抓住小孙的头发，把他提起来。

"来大哥，你要干什么？"小孙在他手下虚弱地喊叫。

"还我的，你这个贼，你偷了我的金银财宝，你还我的！"

"你疯了吧来书，你还有金银财宝？"小孙掰开来书的手，把自己的头摘下来，说，"你滚出去，我老婆就要生孩子啦。"

闪电又照亮了小孙女人高挺着的紫皮西瓜一样的肚子。

"你还我的金子银子！"来书抡拳踢脚，小孙躲躲闪闪地退着。女人惨叫一声，女孩也惊醒了。

"来书，我要找领导告你，你这个流氓，夜入民宅，欺负女人。"小孙喊。

女人连声哭叫起来，雷声隆隆，雨打席棚，女孩也哭，来书尖叫厮打，小孙胡骂反打。席棚里花拳绣腿，乱七八糟。小孙瞅准空子，从来书的腋下钻出窝棚，来书紧跟着追出去。碱土地被雨水泡胀了，他们的脚把灰褐色泥土踩得飞溅。小孙向大窝棚奔去，两条腿像捣蒜的杵子，泥巴胶住脚面，行动很艰难。来书长腿高桩，头缩颈伸，跑成一只大鸵鸟。小孙没跑到大窝棚，就被来书叉着脖子按到泥水里，两个人滚成一团，打得肉声噼啪。小孙又撕又咬，但摆脱不了来书铁钩子一样冰冷的手爪。他使出绝招，伸手至来书腿间，满把地攥着，像攥着一只刚出壳的嫩嘴鸭子。来书像鸭子样"呷"了一声,翻到泥水里去,小孙趁机爬起来,尖锐地叫一声:"救命呀——!"那声音有点像在雨水中疯长着的苇芽子,挺着一个紫红色的尖。窝棚里人声沸沸,有几个人冒着雨出来,黑乎乎看不清究竟。小孙又喊救命,来书像螳螂一样立起来,歪着头,举着两只手,喊:"贼杂种,你还我的金银财宝。"骂着,又举臂前冲,众人把他俩拉开,抱住,两个人在别人的胳膊箍里,还像被握住的青蛙一样,一挺一挺地上蹿。

打斗声压过雷霆暴雨,惊动了压路机手武东,王队长不在,他就是头,他揿着手电筒披着雨衣出来,把窝棚前的人照得闭眼张嘴。雨水在他们脸上成群结队地流。"怎么回事?他妈的!"

来书像孩子见了娘一样放声大哭,眼泪、鼻涕、血、雨水交流在一起,一张脸弄得像个水彩碟子。"领导,您可要替我做主哇,我的一坛子金银财宝,被这个贼给盗去啦……"

武东把手电光射到小孙脸上,小孙也号啕大哭:"领导,您别听他胡说,他得了疯病,半夜三更跑到我家,赖我偷他一坛金银。"

"领导,领导,一坛金银,一个金镏子,还有若干银锁……"

"领导,您听听他是不是说疯话,他哪来的金镏子银锁?"

武东把电光移到来书脸上,说:"你他妈的,神经是不是坏啦?你浑身不值五毛钱,还他妈的金镏子银镏子呢!滚回去,滚回去,再闹就捆起你个王八蛋!"

"领导,领导,我真有一坛子金银啊……"

武东缩着颈回去,雨打得他的雨衣爆豆般响。

"小孙,我操你娘,我和你拼了!"来书挣脱搂他的人,向小孙扑去。两个身强力壮的筑路工迅速拧住他的两只胳膊,用力一抬,他的头就扎到地下,好像要喝地上的雨水,口里一点声也不出了。两个筑路工拉起他来看,他的脖子软了,脑袋像秤砣一样耷拉着。赶快把他架进窝棚,有一个懂行的人水淋淋地跪下,用一根铁钉子扎他的上唇。他的嘴里叹出一口长气。

"好了,活了。"一个筑路工说。

他睁开眼,看到悬挂在梁上的马灯,灯火金黄金黄的,跳跃着旋转着,好像一个金环子,他喜不自禁,跳起来,扑着灯火去了,马灯砰然落地,灭了,窝棚黑成地狱。闪电在棚外亮,空中飞舞着金环银链。他冲出窝棚,两个人都拉不住。他举着双手,朝着闪电扑去。他对着闪电喊:"金子,银子,我有金子,我有银子,九缸十八坛,买飞机买轮船……"几个人追出去,哪里追得上,他踮着长腿,狂叫着,消逝在暴雨中……

小孙忍着胸口的剧痛,一步步捱回窝棚,窝棚里哭声不绝,他摸索着火点起蜡烛,见席棚上漏雨淅沥,铺上无半点干气,女孩瑟缩在棚角发抖。女人的身体浸在血水里,腿间有两个青白的肉物在蠕动。他胸中一阵热,一股腥血从嘴里喷出来。他暗暗叫声天,跌坐在地。女人勾起身,伸嘴咬断脐带,又重重地躺在湿席上。他打起精神,祝祷神明,往那两个肉蛋蛋的股间看去。第一眼看到一朵花,第二眼看到一个瓜。"儿子!"他忘了内脏的疼痛,抓住女人的胳膊说,"一个儿子,有一个儿子!"两个婴孩在雨中血中,缓缓移动着,不时发出鱼类的鸣叫。这两个爬行动物一样的婴孩,使他心里又冷又腻。女人强撑起来,示意他递过挂在窝棚上的包袱,从包袱里找出几块布,把两个婴孩包扎起来。

"我们到底有了儿子啦,她娘!"小孙说。

"要罚款的,一个五百,两个一千……"女人哭了起来。

他感到极度的疲乏和瞌睡,一个五百,两个一千。

他坐在席上,抱着头,恨不得立刻死去。窝棚顶上雨声密集沉重,漏雨落在水汪里,发出丁零零的金属声。闪电还在亮,亮得极久极长,把整个天都照白了。

"她爹……你想个法子呀……"

他抬起头,看着那节燃烧殆尽的蜡烛,眼里冒出凶残的寒光,他说:"留男不留女!"

女人掩着脸哭起来。

"哭什么?"他说,"留下来饿死,还不如送她去逃条活路。"

"就依你了……"

"兴许她有福……"

他解开襁褓,找到女婴,又包扎好,抱起来站起来,他像一棵被雷烧焦的树。

"慢点儿……让我喂她点儿奶……"

女人接过女婴,放在膝头,扯起一根下垂的奶子,把奶头塞给女婴。女婴乱拱一阵,含住奶咂几下,又吐掉,呱呱地哭。

"还没下奶……"女人说着,用力挤着奶子。

他抢过女婴,说:"不用喂了……初生的孩子,不知道饿……"

他抱着女婴出了窝棚,一道闪电直劈着他的头落下来，他遍体战栗，祝一声："老天爷，饶了我吧！"乌云像龙爪子一样在头上晃着，遥远的黑暗里，他仿佛听到了来书兴高采烈的喊叫声："金子呀，银子呀，九缸十八坛……"他犹豫了片刻，伸手从窝棚的席夹层里，摸出一包东西，塞进了女婴的褓褓。他一步三滑上了河堤，走上高高瘦瘦的石桥，八隆河里涨水啦，闪电照出混浊的水流，桥石雪白圣洁。他头晕眼花，几乎栽到河里去。走上那条去马桑镇的土路，脚踩得烂泥噗唧唧响。雨停了，槐树上一阵阵落着承受不住的大水滴。路沟里水声潺潺，庄稼地里银白一片。白荞麦家三间草屋像破庙一样兀立着，他想起那月光那狗那电灯光下青石的豆腐磨……拐过白荞麦家，他想把女婴放在镇西头路口，路口积水成潭。他绕到镇前往东走，庄稼地哗哗啦啦响着风，那种大雨之后方能出现的小蛤蟆在积水中怪声怪气地叫着，一呼一应，像一对恩爱夫妻。他想把女婴放在大树下，但树上落着铜钱大的水滴，闪电亮，照着遍地烂泥，照着一只蝉正在蜕壳。沿着泥路，他转到了镇子东头，听到村头池塘里蛙声一片。镇中一声狗叫，引起一片狗叫，天就要亮了。他借着闪电，看到了那座倾圮的土地庙。土地奶奶歪着身子狞笑，土地爷爷被人斩去了头，一根断颈指着庙顶。石头供桌上有一块干燥的狗屎，伸手拂去，把襁褓放在供桌上。闪电又亮了，他看到了供桌下土地爷爷那个龇牙咧嘴的头颅，一块炭火般的感觉在他空白冰冷的头颅中胀开了，他双腿一软，跪在供桌前，叫了一声："土地爷爷，土地奶奶，显灵吧！"他的胸膛里又麻又疼，血腥气直冲喉咙，他猜想自己的内脏也许被来书打坏了……

供桌上发出一声微弱的鸣叫，他吐出一口黏血，说："孩子……你福大命大造化大……爹给你留下金子银子，人家是会愿意收留你的……"

婴儿继续鸣叫着，他感到自己的心在溶化，便匆匆起身，穿过镇中大道往西跌去，那鸣叫声像一支支利箭射向他的后心，箭箭洞穿，透明，无血，凉风通畅无阻地从洞里穿过。他的脚步声激怒了一条狗，激怒了几条狗，狗踩着泥泞追着他咬。

跌进窝棚里，他感到自己马上就要死了。紧抱男婴的女人问他，他一言不发，嘴里噗噗地冒出一些血泡。

黎明时分，他醒了，大雨又铺天盖地而下，窝棚里水流成溪，天地间都是水声。女人追问他："你把我的孩子放哪儿啦，放哪儿啦？你把她给了什么人家？"

他像塑像一样呆着。

"你把她放在野地里？你让水把她冲走啦？……我

的孩子……"

女人撕扯着他废纸一样的衣服。

他在昏昏沉沉中突然看到一线光明,光明中出现一个面容慈祥的老太太,她挪动着蚕茧那么大的小脚,走到土地庙前,把女婴抱起来,抱回家去,放在温暖的炕头上,墙上贴着麒麟送子,女婴脸红得像滴血……

"你给我找回孩子,你这个畜生,你给我找回她来……"女人紧抱着男婴——男婴一气不吭。

幻影消逝,周围是铅灰色的冰冷,土地爷爷的断头在供桌上滚动。他跳起来,像钓狗那天一样敏捷地跑上河堤,跑过石桥。白荞麦家的黄土墙在他身后倒下,砸起污泥浊水,他不顾回头,穿过街道向东,他眼不看路,一脚泥一脚水。土地庙。土地庙晃动不安。

他看到土地庙兀立着,阴森森地生出黑气,银亮的雨箭中,有几个黑影子在翻滚,影子里发出急躁的呜呜声。他一下憋了气,呼吸断了又续上,他扑上去,以超狗的疯狂把一群疯狗吓退了。在他的面前,残缺不全地摆着他的女儿。他向狗扑去,狗轻巧地跳开,站在一边,舔着下巴,狗毛精湿,肋骨凸现,狗嘴上涂着血。

他嚎叫一声,扑地跪倒,参拜着小腿小臂。在殷红的泥浆里,有一个黄金的镏子,金镏子平静地躺着,对着他微笑。他伸手捏住它,想起了古老的故事。他张开口,仰着脖子,把金镏子投到咽喉里。

……

大雨继续倾泻,庄稼被淹没,道路被冲毁,房屋被泡坍。八隆河水暴涨,湍急的水流中漂浮着绿色的庄稼、连根拔出的树木、死猫死狗死野兔子。水里有股腥臭气。石桥上纤尘不存,白得似冰如玉。河堤上冲出了沟沟槽槽。白桑树抽出新枝嫩叶。碱土荒原成了绿褐色。压路机玻璃上泪流滚滚,钢铁巨轮陷在泥水里。一群群老鼠蹲在沥青堆上避难。黑色的道路像缺首的大龙一样趴伏着。

九

上午九点多钟,压路机女司机把车停下,提拎着两只劳保手套往工棚那边走。她身材细长,脚蹬一双橙色半高跟革面鞋,下身紧绷着一条牛仔裤,上身穿件宽宽大大的帆布工作服,长头发用一根绿手绢贴根儿扎住。她脸色黝黑,鼻子上挂着一层汗珠,两只有些斗鸡的漆黑眼睛里,闪烁着惊惧不安的神色。

她径直走进用红砖垒成的简易工棚。棚里摆着四张办公桌,桌上一部电话机,砖墙上挂着一张大图表,表上有黑路线、红箭头。一个二十多岁的青年捏着电话筒,毕恭毕敬地说:"噢,陆队长,我是马大贵……进展挺顺利……有一台推土机发动机坏了……是轴瓦烧了……轴瓦,我跟驻在马桑的石油勘探队罗师傅联系过,他们那儿有……好好……喂,队长,昨天下午马桑小学的宋校长来电话,说她们小学今天上午来工地慰问……留她们吃饭吗?好好好。"

马大贵放下电话筒,冷冷地说:"你来干什么?"

"都怨你……我说不……你偏要……"姑娘的斗鸡眼里泪汪汪的。

"什么呀,你说的。"马大贵拉开抽屉找烟,找出一堆空烟盒。

"我怀孕啦!"姑娘斗鸡眼里的泪水流到腮上。

马大贵像中了枪弹一样,脸上的肉都僵了。他捏着那些烟盒,说:"你别胡说!"

"谁胡说了……你弄出来的事,你想办法吧……"

"只好去流产。"马大贵说,他终于找到一根烟,十指都哆嗦。

"我害怕……我不去……"

"你不去怎么办?我刚填了入党志愿书。"

"你就知道你自己,一点不替我想……我怕流产……"

马大贵站起来,冷漠地摩着她的肩,说:"你别怕,没事的,好多姑娘都流过产。"

姑娘把马大贵的手抓住,用嘴亲着,说:"大贵,我们快点结婚,什么丑都遮住了……"

马大贵抽出手,说:"不行,坚决不行!"

"为什么?为什么?早晚不是要结婚吗?"

"我说不行就不行!"

"我不去……"姑娘呜呜地哭起来。

远处响起了鼓乐声。马大贵跑出工棚,又跑回来,不耐烦地说:"行了,别哭了,马桑小学的宣传队来了。"

宣传队从平展展的柏油路上走过来。队伍前一杆红旗哗啦啦地飘,旗后是一个扎着大辫子穿着银灰色西服脖子上扎一根红领巾的高个红脸膛胖姑娘。几十个孩子一色白衬衣红领巾。

怀了孕的压路机手泪眼蒙眬地看着马大贵整容整衣地迎上去。少先队员们都停下。马大贵和那个胖姑娘热情地握手寒暄。那姑娘笑出一口白牙,脸像一朵牡丹花。阳光强烈,孩子们的雪白上衣和手中的乐器都亮得耀眼，从马桑镇方向爬过来的公路也亮得耀眼，碱土荒原上的勘探井架也亮得耀眼，筑路工地上笨拙地运动着的机械也亮得耀眼。她看着马大贵与漂亮的少先队辅导员亲亲热热的样子，心里泛起一阵寒冷，当年她在公路上慰问民工时那些灰白的记忆涌上心头，于是，泪水更密集地涌了过来。马大贵和辅导员亲切交谈着走过来。她扭转身，忍着上冲的哽咽，跑向那台洛阳制造的大功率的杏黄色压路机。

（一九八五年八月）

战 友 重 逢

一

夏天的一个中午，我身穿着少校的军服，提着两个巨大的浅灰色旅行包，从一辆破烂不堪、遍体泥泞的公共汽车上挤下来，迎着斜飞的雨丝，爬上故乡的河堤。回头看，那辆车尾部喷着青烟，摇摇晃晃、无声无息地向远处滑去，转眼间便消失得无影无踪。远近无人影，燃烧汽油的香气在潮湿的空气中久久不散。一大群色彩艳丽的蜻蜓在河上盘旋，河堤漫坡上一簇簇紫穗槐在雨中颤抖，暗红色的水在河中匆匆流动，雨点打在河面上，溅起细小的白色水珠。在那座古老石桥的拦阻下，河水响亮地喧哗着；黑色的桥面隐约在浑水中，宛若一条大鱼的脊背。湍急的流水在桥石的边缘上翻卷起一道白色的浪墙,泡沫飞散,水味扑鼻。

站到桥头上后,却突然感到水声失去了适才的响亮,耳朵里仿佛进了水,有一种鼻壅耳塞的感觉,那灰白腥冷的水的气味却浓烈了许多。沿着桥侧涌起的浪墙约有一尺高,跌到桥面上,像一匹展开了的大布。我心中有些怯懦,仿佛有一条巨大的鱼伏在桥上冷眼瞅我。雨忽疏忽密,打湿了我的衣服。水一直在涨,石桥马上就要被淹没了。我决定马上过河,心中暗暗庆幸回来的正是时候,如果晚到桥头半个小时,只怕就要与父母妻女隔河相望了。

我脱下鞋,挽起裤腿,提起旅行包,心中毛毛的,蹚着水走上石桥。河水冰凉刺骨,扎得我心头一震。这时我听到有人喊我的名字。声音相当熟悉,但一时又想不起是谁。我四下打量着:面前是一河红水,对面是烟雾弥漫的村庄,身后是一道静悄悄的河堤。堤上无人,有一株柳树,孤独地立在紫穗槐丛中,披头散发,垂头丧气,像个苍老的渔翁。哪里有人叫我?肯定是幻觉。战战兢兢再下水,却听到喊声又起:

"赵金!赵金!"

我循着声音将目光上扬,恍惚看见一个人蹲在那株枝权纵横的柳树上。他的衣服颜色与柳树枝叶颜色一致，很难发现。他又喊了我一声。雨雾迷漫，看不清他的脸，但声音熟悉得令我吃惊。

我走到柳树下，抬头往树上看。枝条抖动，一阵密集的水珠落在我的脸上、身上，显然他在树上活动。我吐着流到口中的雨水，骂道：

"你是谁呀？装神弄鬼，爬到树上去干什么？"

他在我头上冷冷地说：

"果然是混好了，连老战友的声音都听不出来了！"

"老战友？"我纳闷地问。

"是老战友。"他在树上说。

"你给我滚下来吧！"我说，"让我看看你到底是哪只鸟！"

树上却固执地说：

"你上来吧。"

"少啰唆，我还要回家，再磨蹭一会儿，水就把桥彻底淹了。你想让我在树上蹲一夜？"

"上来吧！"他近乎哀求地说。

"混蛋！"我仰脸骂他，树上又有一阵密集水点落下，淋得我睁不开眼，"我还要回家看爹娘呢！"

"赵金，看在咱三年战友的分上，上来陪我聊会儿。"他可怜巴巴地求我。

"神经病!"我哭笑不得地说,"你到底是谁?"

"上来吧,好兄弟,求求你……"

"你不报姓名我要走了。"我提起行李,说。

"你已经过不去了,桥面上的水有半米深了。"他哀愁地说。

我望望石桥,适才那犹如大鱼脊背时隐时现的桥面果然不见了,只有喧哗的浪墙,标志着桥的存在。

我恼怒地说:

"都是你这家伙,耽误了我过河!你下不下来?再不下来我就要挖泥巴摔你啦……"

他在树上抽抽搭搭地说:

"赵金,好战友,上来看看我吧……"

"好吧,"我说,"反正今日家是回不去了,上去看看你是乌鸦还是麻雀!"

我把行李放在河堤上一个干燥些的地方,穿好解放鞋,分开紫穗槐,往堤的漫坡上走了几步,手把着树皮往上爬。黑色的树皮上有一层绿色的青苔,滑溜溜,爬起来十分费力。连爬了三次,都是在离开地面一米多高时哧溜下来。

"我爬不上去!"我在裤子上擦着手说。

"别着急,老战友,我来帮你!"话声未毕,一条草绿色的背包绳沿着树干垂下来,树上说,"拽住背包带,我拉你上来。"

我双手攥住背包绳,脚蹬着树皮的裂缝,施展开侦察兵攀登绝壁的功夫,渐渐升高,离开地面,进入树冠。树冠里黑森森的,河中冰凉的水汽袭上来,冷得我牙齿碰撞。我抓住了一根树杈,松开背包绳,站稳了脚抬手抹掉满脸的雨水,懊恼地说:

"让我看看,你到底是谁!"

但这时他已经攀到更高的枝杈上去了。他依然在我头上。我仰起脸看他时,他依然把密集的雨水晃下来,淋得我睁不开眼睛。

"你小子成心耍我是不?"我攀住树枝,说,"你就是爬上天我也跟着!"

"好兄弟,你看看桥上那个人,他已经淹死了。"他悲凉地说。

我透过树枝,往桥上看去。一阵阴森森的风从河上吹来,我不由得打了一个寒战。河水浑红,像污浊的血。黑色的桥面隐现在河水中,宛若一条大鱼的黑色脊背,沿着桥侧激起的浪墙约有一尺高,浪花缓慢溅起,然后又缓慢地、无声无息地跌在桥面上。一个提着两只巨大的浅灰色旅行包、穿着少校军服、似曾相识的男人站在桥头。他似乎犹豫了一会儿,然后挽高裤腿、脱下胶鞋、提好东西,试试探探地向桥走去。他上了桥,起初走得还很平稳,渐近桥中时,脚步就踉跄起来。桥上的流水冲击着他的腿,两束浪花沿着他的腿爬升又跌落。到了桥心也就是到达河心了,那两束浪花爬升得更高了些,他踉跄得也更厉害。随着一个大踉跄,似乎有一条银光闪闪的白鱼从桥面上跃起,他身子一侧,歪到桥下。他与那条白鱼同时入水。一团草绿在水面沉浮几次,然后便不见了。

我万分庆幸地想:

"我要是方才过河会跟这个人一样。"

这时他在我头上说:

"没错。"

"是不是要我谢你?"我问。

"老战友,不必客气!"他大大咧咧地说。

他疾速地收着背包绳。背包绳像蛇一样在我眼前晃动。仿佛是在这条像蛇一样灵动的背包绳的带动下,我的身体突然轻松敏捷了许多。我伸手抓着树杈,一耸身,便跃到与他平齐的树杈上。这时我发现我已经身在树冠的顶部了。我坐在一根只有筷子般粗的树杈上,随着河上的气流,悠闲地晃动着身体。我伸手揪住他的衣服，说：

"混蛋，回过头来！"

他那套崭新的军衣竟然一抓就破，腐朽如水浸过的马粪纸，我顾不上惊讶，因为他已经微笑着回过头，把他的生着一些紫色痤疮的脸对准了我的眼睛。原来是我的同村伙伴，同班战友，在1979年2月自卫还击战中牺牲了的钱英豪！

我们紧紧地拥抱在一起，并腾出一只拳头，敲打着对方的肩膀，我感到我的眼泪流到了他的肩膀上他的眼泪也流到了我的肩膀上。

"你小子！"我认真地打量着他那依然生气勃勃的面孔，高兴地说，"你不是死了吗？"

"你变老了，"他说，"也胖了，看来这十几年混得不错。"

"凑合着混吧，你怎么样？"我问。

他往河中吐了一口唾沫，说：

"还可以。"

他坐在树冠上，用双手搂着膝盖，显得轻松适宜，像坐在绿色的豪华沙发上一样。他说：

"伙计，坐下歇会吧，咱哥俩应该好好聊聊。"

我也学着他的样子坐下，下坐的过程中我模模糊糊地想：如此细软的枝条能承受得了我沉重的身体吗？一屁股坐到底，我的疑虑消失了。臀下的枝条既柔韧又有弹性。我也用双手搂住膝盖，盯着他的脸，问：

"咱俩有多少年没见面了？"

他掰着手指，从七九数到九二，说：

"十三年了。"

二

十三年前，我们一起从黄县守备团先坐卡车后坐闷罐车与整个守备区抽调的七百士兵一起叮叮咣咣、吵吵闹闹到了云南省会昆明。又乘卡车上山下坡拐弯抹角到了一个山沟。整训一周后分散补充到××军×××师××团一营二连三排五班。我在黄县守备团时任班长，现在任副班长。钱英豪当战士。班长是四川人，小个子尖下巴长相不佳，开口"格老子"，闭口"龟儿子"，派头很大，仿佛是个团长。一问他也是七六年入伍的兵，跟我们一样。钱英豪不服气地说：操他大爷的，牛什么？上去才见真功夫，出水才见两腿泥！你们××军厉害，我们蓬莱要塞难道就不厉害，你们是双尾蝎子我们就是两头蛇，你们是老鹰上天寻找鼠兔，我们是老虎下山不吃素食！论道起军事技术钱英豪的确不赖，无论是射击、投弹、拼刺刀、爆破、土工作业，在守备团拔尖，在军区挂号。七八年去军区参加比赛，在海滩上实弹投掷，那天恰巧碰上顺风，他牵肩引臂，借着风势，一下子把一柄手榴弹掷出去扑棱棱打着滚像一只飞出去的黑乌鸦好远才落地，落地就炸。一股白烟夹着沙子蹿起来，然后听到单薄的爆炸声。观看者叫好。裁判们打开卷尺一量，好家伙，八十八米！破了全军区的纪录，被评为一级投弹能手。首长表扬道：这小伙子简直是门小钢炮！他就是太爱捣乱嘴尖舌快爱发牢骚，所以在黄县没当上班长，也没入党。七八年本来要他复员了，连长稍微喜欢他点，指导员非常不喜欢他。他拿破军装换走了我的新军装，我很舍不得，但我们是一个村的，从小一块放牛割草，偷瓜摸枣，穷不帮穷谁帮穷？舍不得也没法子，我暂时不复员还可以把旧军装换成新军装。这时候一道命令下来，说七六年七七年入伍的战士一个也不准复员。说要去南边打仗了。我们暗暗高兴，当和平兵没意思，终于捞到了机会。钱英豪比我还要兴奋，把新军装还给我，旧军装要回去，团里开会，连里设宴，送战友上前线。写血书表决心我中指上还落了一个疤。连长指导员敬酒，说祝你杀敌立功为老部队争光。

都热泪盈眶搂着抱着好像要生离死别。连长指导员给钱英豪敬酒,英豪不喝说少来给我里格隆,假惺惺。连长指导员满脸赤红,说我们过去确实有对不起你的地方,这次你上前线,我们在你的档案里填了班长职务,入党嘛因为上面有指示不准搞突击我们没办法,在档案里写了你是支部的重点培养对象,希望对方支部继续培养。英豪口出恶言,我不吃这一套!赶快给我把档案改回来,老子上去是要生得伟大死得光荣,凭本事打。少来这套猫盖屎的把戏。死了给俺爹娘挣块烈属牌子,每年补助二千工分一百五十元人民币。活着就要戴一胸脯功劳牌子给你们这些马屁精看看我钱英豪是真英豪还是假英豪!连长说我相信你是真英豪。指导员黑着脸没吱声。小个子四川兵罗班长批评钱英豪:你的被子叠得不标准宽了一公分个龟儿子重叠。罗班长挥舞着竹板尺把潮滋滋的被子拍得啪啪响。叠被子叠不死敌人要靠真刀真枪!罗班长说先人板板砍脑壳你说的好安逸,你不叠内务检查要扣分,扣你一人影响班集体荣誉,你安的什么心肠?赵副班长你说我说的对不对?你们俩是一块来的,难道你们军区不搞内务?我说搞搞搞,比这搞得还邪乎。我们一年到头不敢晒被子,一晒被子就叠不出棱角来了。我们为了叠成四四方方一块砖都往被子上喷水哩。罗班长说，既然如此那钱英豪就是明知故犯，就是跟我这个班长成心调皮捣蛋。咱是不是往连里汇报，我说别别别罗班长，你不知道钱英豪就是这么个驴脾气，死犟死犟，比黑驴还犟，在黄县时我们全连就他一个人敢晒被子，故意天天晒，有点成心示威的思想，还逢人就宣传阳光里有紫外线，能杀死病毒，勤晒被子有利健康，不晒被子不利健康。他的被子叠不出线条，鼓鼓囊囊，像个面包，影响整齐划一，每次内务检查都挨批班里批评连里批评，他却越臭越犟，其实这个人本质不坏，军事技术很过硬，要不是死犟，早就提拔起来了。我说这些句句实情，若有半句虚谎我不是人。罗班长你不信可以调查去。罗班长说，老赵，咱们都是来自五湖四海，为了一个共同的目标走到一起来了，对不对？现在大敌当前，更要精诚团结，不要搞分裂，要服从纪律听指挥。个人服从组织，少数服从多数，加强纪律性，革命无不胜。你说我说的对不对？对对对，太对了，罗班长，你们军的班长理论水平比我们守备区司令还高！佩服，佩服。高啥子么！罗班长说，还不都是些老生常谈。赵副班长，说实话，这火药味儿越来越浓，眼看着战争就要爆发，咱要提高警惕，在这样的关键时刻不能出错。真上去了咱全班要拧成一股绳,攥成一个拳,心往一起想,劲往一处使,别被人家打散,互相照应着,最好一个不死,要死我死,我家兄弟六个,死了我还有五个。钱英豪是独子,他要是死了他家老头老太太可就"秃尾巴狗跳墙头——利索"了。所以咱要保护他。别看我对他有意见,但大问题上还是向着他。你说我水平怎么样?行啦行啦,别"景德镇的瓷器——一套一套的"啦。我把被子重叠就是。钱英豪拍出一盒烟,红盒上印着金字儿。哎哟我的娘呀,红色大中华!这不是政治局委员抽的烟嘛!一人一支扬散。班长行喽,别做指示了,抽俺支烟吧,抽支烟堵住嘴。班长说,我们这级干部,一般不能抽战士的烟。今日特殊情况,增进革命友谊嘛,抽支就抽支吧。一边抽,一边研究着烟上的商标,品咂着滋味,说果然味道好。钱英豪你怎么舍得花钱买这等好烟?不过日子啦?钱英豪说,脑袋挂在裤腰带上还过什么日子!吃点,喝点,抽点呗。再说这烟也不是我买的,是一个大姑娘给的。你怎么敢跟地方女青年勾搭连环!罗班长说这可是最最严重的问题,万一出点事,影响军民关系吃不了兜着走。好啦班长,那女青年是二排长的未过门媳妇,香烟是她邮来的。我抢劫了二排长。班长你的心脏回到肚子里去了没有？

三

"伙计，能给我一支烟吗？"他的仿佛非常遥远的声音把我从回忆中唤醒。我看到他那晦暗的脸色，立刻意识到他正在与我一起追忆逝去的岁月。

"太能了！"我匆忙从上衣口袋里掏出烟来，说，"光顾了胡思乱想，忘了给你烟抽，不好意思了。"

我在军服上擦干湿漉漉的手指，抽出一支烟，递给他。我看到他的弯曲的手指有些颤抖，心中悲凉的情绪与河上迷蒙的雨雾融为一体。我举着冒着强硬的蓝色火苗、发出嗤嗤声响的强力打火机为他点燃香烟。在他就火时，我看到他的脸上布满了一圈圈绿色与褐色的锈蚀，仿佛是一件刚刚出土的铜器。

白色的烟雾从他的鼻孔里像两根棍一样喷出来，这个死去多年的人抽烟的动作和习惯与过去一样。他皱着眉头说：

"这烟好冲，什么牌子！"

"万宝路。"我说。

"万宝路？没听说过呀，慰问团送来的烟有中华、红塔山、牡丹，没听说有万宝路。"

"这是洋烟，美国造，我们打仗那时还没兴起来呢！"我说。

"嗨，跟不上潮流了。"他长叹一声，说，"还有你那个打火机，让兄弟欣赏一下。"

我把打火机递给他，并教他使用方法。他嘴里啧啧有声，连声夸奖：

"好东西，真他妈的好东西，简直是一架微型的火焰喷射器！早十几年有这东西咱也不用在麻栗坡点不着火了。"

"可不是怎么着。"我说，"那次咱只好嚼烟丝过瘾。"

"社会发展真快，一转眼就出来这么多新鲜玩意儿。"他把玩着打火机说。

"既然你这么喜欢，就送给你吧！"我说。

"不行，不行，"他有点着急地说，"在守备区当兵时，我还借过你二十元钱，到了南边又忘了还。"

"你别寒碜我啦。"我说，"你人都死了，还提那点钱干什么！"

"话不能这么说，'人死债不死'，这笔钱我要还。"

"拉倒吧，"我说，"咱们两个是谁跟谁呀！再说，我听老人说过,死人界里使用的钱,到了阳间一看都是纸灰。"

"胡说,"他激动地说,"根本不是那么一回事。"

他把打火机拍到我手里,狠嘬了几口烟,然后用他惯用的伎俩,啪,把烟蒂四分五裂地吐到汩汩漓漓的河水里。"你等着!"他说着,手分开枝条,像条皮毛光滑的松鼠,哧溜一声钻进树冠中去了。他坐过的地方,留下了鲜明的痕迹。我低头往树冠里看,但见枝杈纵横交错,有明亮有幽暗,宛若一个迷宫。钱英豪就在这些枝杈间,在幽暗和光明中敏捷、轻快地穿行着,他身上闪烁着绿油油的美丽光芒,像深海中的一条鱼。我惊奇这株柳树上竟有如此奇妙的世界,怪不得钱英豪非逼我上来不可。这小子从小就有鬼点子,他常常发现一些既好玩又有趣的地方,从学校到部队,我跟着他沾过不少光。正想着呢,就看到柳梢耸动、分开,他像条油滑的鳗鱼从枝叶间钻出来,然后盘腿坐在我的对面,从怀里摸出一个油纸包,珍重地、一层层地剥开,显出了两张崭新的面额十元的纸币。他将纸币递给我,郑重地说:

"咱们是好兄弟,利息就不算了。"

我将他的手推回去,恼怒地说:

"你这不是寒碜我吗?"

他将捧着纸币的手再次送到我的胸前,执拗地说:

"亲兄弟,明算账。你必须把钱收下,否则我的鬼魂无法安宁。"

看着他的因为激动而绽开了层层缝隙的红锈斑驳的脸皮,我只好将那两张纸币收下,放在胸前的口袋里。他轻松地长舒了一口气,说:

"行了,我现在谁的债也不欠了。无债一身轻啊!"

"你在那边,怎么还能搞到这样新的钱?"我纳闷地问。

"是一个小女孩放在我的墓前的,"他感动地说,"仿佛她知道我生前欠着别人二十元似的。"

我直视着他的眼睛,想听他往下说,说说那个给他送钱的小女孩的事情,他却转了话头,讲起了陵园的事。

"我在麻栗坡烈士陵园里,住第七百八十号墓穴。我旁边,七百八十一号墓穴里住着谁?你猜?你猜不到,唉,我跟连里的文书住隔壁,他是个文学爱好者,你知道,他经常写点诗歌、散文、小说什么的,经常往报社投稿。告诉你呵,不要以为我们死了就散漫自由了,一点也不。我们那儿有一千二百零七个墓穴,自然埋着一千二百零七个人。一进大门,就先到报名处点名，像我们当年入伍差不多。我们编成一个团，团长生前是个营长，死后提拔了。编成七个连，每连将近一百八十人。我被编在六连，团干部处一个戴眼镜的副处长找我谈话，让我担任指导员。我说我不是党员当什么指导员？副处长从保密柜里找出我的档案袋，翻着看了看，说：'你死后已被追认为正式党员，没有问题，干吧。六连新兵较多，且多是山东、四川兵，山东棒子，四川槌子，凑在一起就打架，要严加管教。'我问：'谁跟我搭档？'干部处副处长说：'初步决定让罗二虎同志担任连长，听说他担任过你们那个班的班长？'我一听就火了，兄弟，你说我怎么能跟这个笨蛋搭伙计？他就知道拿着尺子量被子，'宽了一厘米！窄了一厘米！重叠重叠！'一上战场动了真格的就腿肚子转筋脑袋发蒙，投弹忘了拉弦、搂火忘了开保险，攻无名高地时，不是他翘着鸵鸟屁股暴露了目标，招来了那两梭子，他自己死不了我也死不了。说起来我是死在敌人手里，实际上……嗨！赵金老弟，你说我多么冤枉，上了战场，一枪未发，一弹没投，糊里糊涂报了销，烈士牌是给我爹挣到了，可我死得窝囊啊……"

我看到他的脸上招展着悲愤交辉的大纛，两颗洁白的泪珠像胶水一样凝在他的腮上，迟迟不流下去。河水又汹涌着涨了，对岸我们的村子笼罩在团团沉重的云雾里，村子外一望无际的原野上，青一块绿一块是秋夏的庄稼，那里蛙声响亮，那里刷刷刷响着雨点打击植物叶片的声音，如烂银般游移着的是泛滥的雨水。我为他难过，为他遗憾，十几年前的战斗仿佛就在眼前——

四

无名高地上边盘踞着对方一个加强连。配备着冲锋枪轻机枪高射机枪，一色的中国制造。中国武器对中国武器谁胜谁负人的因素第一。头天晚上全连吃饺子。吃饺子是战斗警报，这是钱英豪的爹说的。钱英豪的爹当过"土八路"，在战斗中负过伤，一条腿是木头的，走起来咯咯吱吱。小时候我们经常模仿他爹走路的样子，一边走嘴里一边咯咯吱吱。我们在家乡时听他爹讲过战斗故事。他爹讲着讲着就开始赞美国民党军队的武器是如何的厉害。有人批评他阶级立场有问题，他就反戈一击：国民党军队的武器厉害最终不是还败在咱们手下了吗！吃完了饺子看电影《英雄儿女》。王成高呼"向我开炮向我开炮"双手紧握爆破筒英雄猛跳出战壕霹雳一道裂长空敌人腐败成粪土勇士辉煌化金星轰——心潮澎湃热血沸腾热泪盈眶跃跃欲试，大家都坐不住了。大家都一样。罗二虎咬中指想写血书。咬了半天没咬破。自己咬自己难下狠心。他自我解嘲地说：算了，不咬了，战场上见吧。大家都难以入睡，抽烟，说话，悲壮，大有壮士一去不复还之意。钱英豪那晚上打着呼噜装睡。其实我也没睡着，都是第一次上战场，心里纷乱如麻，十五个吊桶打水七上八下。一大早果然行动，"人含枚，马衔铃"，无声无息。天气燥热，牙巴骨却打嘚嘚。确实不是害怕是紧张。我有个毛病一紧张就想大便，条件反射，蹿稀。怎么那么多植物呀，藤呀蔓呀纠缠不清，大叶子水分充足，像刀像剑又像戟。蛇呀蛙呀毒毛虫呀。咬紧牙关往上爬，听到信号发冲击。后边嗖嗖响，万炮轰鸣，跟电影《南征北战》一样。一块块的树皮一段段树枝飞上天。一块弹片一溜哨响。烫得植物冒白烟。一柱柱烟如树，一丛丛树如烟。等待冲锋好难熬。眼前全是英雄形象。董存瑞、黄继光、邱少云。这时班长罗二虎的屁股渐渐翘起来，我至今不明白他为什么要在敌人眼皮子底下把屁股翘起来。藏在山洞中的敌人看得清楚悄悄地调过枪口哒哒哒一梭子哒哒哒又一梭子。高射机枪平射是他们的创造。罗二虎没动窝就完了。你你你钱英豪也没动窝就牺牲了。你的血像一条小蛇弯弯曲曲地爬到我的眼前。我咬紧牙关屏住呼吸不去嗅你的血散出来的那股热烘烘的腥味。我心中悲痛肚子不紧张了就这样我成了好样的。我看到你的脸紧贴在地上。我看不到你脸上的表情。我为你难过倒不是难过你的死而是难过你死得很不悲壮。你军事技术好身体素质好头脑清醒具备英雄素质却无声无息地死了。你背着十八颗手榴弹一支冲锋枪一百八十发子弹一颗子弹都没来得及放一颗手榴弹没来得及投就死了可惜啊可惜真是可惜。又是一阵炮轰,惊天动地。信号枪响,嗷的一声大家蹦起来放着枪往上冲。蹦起来时我瞄了你一眼,你趴在那儿一动不动,我心中燃烧着怒火,我好像高喊着为你报仇的口号冲了上去,后来一想,在那种情况下,其实也没有心思喊口号。

五

我叹息一声,说:

"英豪,你本来应该成为一个大英雄,可惜运气不好。"

"活着时不明白,死了才明白,当英雄也要靠运气。"他哀怨地说。

"其实你也算是英雄了。"

"别安慰我了。"他沮丧地说,"连敌人的影子还没看着就死了,我算哪家子英雄。"

"都怨罗二虎这小子沉不住气,翘起屁股,暴露了目标,自己死了不算,拐带着你也死了。"我愤愤地说。

"所以我特别恨这个小子!"他咬着牙说,"干部处长一提到他和我搭档我就拍了桌子,我说你们另安排别人干吧我不干了。干部处长说你这是说的什么话?我说处长您不清楚我跟这孙子是冤家对头。处长说什么冤家对头?都是阶级兄弟吗!我说这小子把我害惨了,要不是他我现在正在英模报告团里巡回演讲呢,要不是他现在我的身边正围着许多献花的姑娘呢。处长笑着说你这个同志哟,不要这么狭隘嘛。在漫长的革命战争中,我们牺牲的人可以说是成千上万个成千上万,像董存瑞黄继光那样轰轰烈烈的有几个?大多数人像你我一样死得默默无闻,他们中有的冻死有的饿死有的在河里淹死有的被狗咬死有的病死,张思德是在炭窑里砸死的……为人民利益而死就比泰山还重。就说我吧,是过河时歪在水里呛死的,我觉得也很光荣。同志,孬好咱还在墓碑上留下了个名字,有成千上万的革命先烈连个名字都没留下,你能说他们不是英雄是狗熊吗?

"干部处长一席话说得我无言以对,我说处长你说得很对,可我一想到要跟他搭档带一个连队,就觉得心里别扭,这个龟孙子只讲漂亮话不干实际事,我怕跟他尿不到一个壶里影响工作。处长拍着我的肩膀说,看同志要全面,要辩证,要多看别人的优点少看别人的缺点,开展批评与自我批评,只要有诚意,就能取得一致,解决矛盾。回头我找罗二虎同志谈谈,相信你们能带出一个模范连!

"我给处长敬了个礼,说好吧处长我听您的。处长说不是听我的是听组织的。"

"你们那边跟这边完全一样嘛,"我插话,"死活都一样嘛。"

"基本上一样,当然有一些特殊性。"

"你能不能把这些特殊性给我讲讲,让我有点精神准备。"

"算了算了,你迟早会知道的,我还是给你讲讲我们在那边办的刊物吧。"

"死人还能办刊物?"我惊讶地问。

他冷冷地说:

"我请求你,不要用这样的眼神看我,也不要用这样的口气问我。"

"对不起,"我惭愧地说,"我太激动了。"

他从怀里摸出了一本油印的杂志,可能是年代久远或者是受了潮湿的缘故,封面上的图案已经模糊不清,但那"英雄魂"三个大字却还清晰可辨。他郑重地揭开封面,用枯黄的手指深情地抚摸着,锈蚀斑驳的脸上洋溢着感激之情。

"我跟你说过我们连里那个文书吧?你要搞清楚,我说的'我们'是我们,'我们连'是我们到那边后整编的新连,是阴兵连不是新兵连,是我任指导员罗二虎任连长的连不是你当副班长罗二虎当班长的那个连。我说过我们连的文书爱好文学,经常写点诗歌散文什么的。我当指导员很开通,鼓励他写作,每夜多给他一袋萤火虫。我们连那个文书名叫华中光,他自己嫌这个名字不响亮起了个笔名叫'死魂灵',听说俄国一个作家写过一本书叫《死魂灵》?他是假的死魂灵,我们是真的死魂灵。死魂灵写诗,我念首你听?题目叫《无题》。"

他翻开《英雄魂》,慷慨激昂地朗诵起来:

我是一个死魂灵

但我有火热的感情

我依然是一个兵

每晚起床号吹响我们出操

喊口号

稍息

立正

再稍息

再立正

向右看齐

向前看

跑步走

一二三四

齐步走

唱歌

我是一个兵

来自老百姓

嚓嚓嚓

立正

现在讲评

今天出操

优点有三点

一是步伐整齐

　　二是军容严整

　　三是步伐整齐军容严整

　　不足也有三点

　　一是步伐不太整齐

　　二是军容不太严整

　　三是步伐不太整齐军容不太严整

　　今后要把优点发扬光大把缺点克服纠正

　　现在解散洗脸刷牙吃饭吃罢饭捕捉萤火虫

"你觉得这首诗怎么样？"他问我。

我擦擦脸上的雨水，说：

"伙计，这诗水平有限不过挺顺口的。"

"他自己也知道这首水平不高，他还有许多首思想水平很高的你想不想听？"

"当然想听，"我说，"这可是来自天堂的声音。"

"哪里是什么天堂！"

"那就是地狱。"

"也不是地狱。"

"那是什么地方？"

"基本上像个幼儿园，"他说，"也有点像个新兵连，记得吗？就是我们在丁家大院那个新兵连。"

往事历历涌上了我的心头。他看到我的情绪悲凉了起来，就说，好吧，我给你朗诵一首"死魂灵"华中光的诗：

啊呀呀好痛啊我的娘我的亲娘
你儿子的身体已经像筛子一样前后透亮
穿透了我的子弹又把我依靠着的那棵大树打成了重伤
树的呻吟声至今还在我的耳边回响
树说我是无辜的啊你们为什么要打烂我的胸膛
这些灼热的铅弹将使我的血管再也不能通畅

再见了再见了我的亲娘
其实并不是您把我送上战场
那些歌那些诗都是想象都是撒谎
穿透了我的子弹更把我的亲娘的胸膛打成了重伤
亲娘的呻吟声比黄河还浑比长江还长
亲娘说应该让我去把子弹拦挡
白发人送黑发人血泪汪汪

啊呀呀我的亲娘啊我的亲娘

啊呀呀亲娘啊呀呀我的亲娘

……

我抬手挡住了他的嘴,说:

"行了,伙计,别念了。"

他将刊物和诗稿掖进怀里,说:

"要不我给你背一首轻松点的?一首关于萤火虫的。"

"算了,"我说,"谈点别的吧,伙计,你们捕捉萤火虫干什么?"

"捕捉光明啊!"他说,"你们的夜晚是我们的工作时间,你们的白天是我们的休息时间。你难道没听人说?'萤火虫是鬼的灯笼'。"

"怪不得萤火虫总是在坟墓间飞。"我恍然大悟地说,"如果活人们把大批的萤火虫赶到陵园里去,你们一定高兴。"

"那我要代表战友们感谢你们!"他蹦起来,立正站在树冠上,挺胸收腹,向我行了个标准的军礼。

我的心被一种东西冲击着,感到热血沸腾,也猛地蹦起来，回敬他一个军礼。我们俩站在树上，如同两只鸟。

僵持了一会儿，他嘻嘻笑起来，说：

"站着干什么？坐下坐下，坐下说话儿。"

六

那天中午，我起来履行职责：巡视墓穴。我抬头看到白色的太阳团团旋转，侧耳听到边境上人声如潮，我知道那是两国的边民恢复了中断多年的贸易，正像一首歌里唱的，"你尸骨未寒，世事已大变"。墓地里树木葱茏，鸟声稠密，白色的鸟粪如稀疏的冰雹，降落到我们的坟墓上。我嗅着从鸟儿羽毛深处散发出来的腥热气味，从一个墓穴走到另一个墓穴。各个墓穴里都黑着，只有"死魂灵"的墓穴里射出绿色的萤火虫光。他的勤奋精神使我感动，但大白天应该熄灭萤火虫，这是规定。我走近他的墓穴，举拳欲敲门壁，忽听里边传出抽泣之声。战士哭泣，思想有问题。我敲一下门壁，大声问：

"华中光，你干什么？"

他不回答，突然号啕大哭，还用拳头把墓壁捶得嗵嗵响。

一只乌鸦抖着翅膀飞来,显然想落到华中光的墓穴上。我一巴掌扇过去,乌鸦侧着翅膀躲开了。你不知道,我们最忌讳乌鸦落到墓穴顶上,它身上的秽气能渗透墓壁,使我们的住所里空气污浊。五连的值星排长在他们连的墓穴间巡逻,远远地对我打了个招呼。你认识他——三十二团那位笛子大王,外号"铁笛仙",仗着会吹笛子,在新兵连时狂得像一根光棍鸡巴,我们跟他干过一架,你忘了吗?——我学两声蟋蟀叫回答他,他举笛至嘴,吹出一串黄鹂声,转到树后去了。

华中光的哭闹声愈来愈大,我敲着门壁,喊道:

"华中光,开门!开门!大白天你号什么?"

华中光不理睬我,继续哭嚎,哭得像活人一样,听得我毛骨悚然,这真是:正午闻人哭,死鬼心也寒!怎么办?你让我破门而入?破不了啊,一色的铁门钢栓,混凝土浇铸,破不了。我敲响罗二虎的墓门:

"连长开门!"

他把门拉开一条缝,问:

"谁,大白天的,干什么呀!"

"我,指导员,咱开个会吧,华中光闭门号啕大哭,我看他要出问题。"

"这小子,我看着他就不顺眼,舞文弄墨是活人的事，他弄什么？愿意哭就让他哭去，活人能哭死，死人难道能哭活不成！"罗二虎嘟嘟哝哝地说。

我愤怒地说：

"罗二虎，这像个连长的话吗？活着你假积极，死了你真落后！"

罗二虎一看我动了怒，狡猾地说：

"我不过说几句气话罢了，当兵这么多年，基本的觉悟还是有的。不为他负责也要为活人负责，决不能让他弄出事来给活人增添麻烦。通讯员，召集干部开会。"

一排长二排长三排长四排长司务长到齐了。我简短介绍了情况，大家七嘴八舌，定出几条措施，一是对门喊话，晓之以理动之以情，二是封锁消息不要让友邻连队知道。一排长是在云南插过队的知青，经历过知青闹回城的大场面，知道什么叫做群情激昂。要是埋葬在这里的战士们一齐哭叫，闹着回老家，闹着要活，那将是极大的麻烦。

我们悄悄包围了华中光的墓穴，跷腿蹑脚，气氛像端炮楼，四下里还派了岗哨，防止活人潜入看热闹。安排了华中光的老乡二排长劝他。二排长个头不高，生着两只蓝汪汪的圆眼睛，圆圆的小鼻子，粉嘟嘟的小嘴巴,一头柔软的淡黄头发。他说起话来轻言慢语、奶声奶气、极其温柔甜蜜,天生一个攻心糖弹。他把嘴贴到门的缝隙上,鼓动如簧如珠之舌,空气中立即漾溢开蜂蜜的甘甜味道:

"中光啊,我的好兄弟,我是姜宝珠啊。你别哭了,听兄弟我说几句话,你的哭声像几把锋利的剪刀,咔嚓咔嚓地剪碎了我的心。你先别哭,听兄弟说,我知道你想回家,弟兄们谁不想家?可我们活着时咬钢嚼铁,死了也要坦坦荡荡。好了,我不讲大道理了,大道理你比我懂得多。咱说几句大实话吧。兄弟,你想回家,难道我不想回家吗?我年迈的爹娘还在咱老家活着,我爹有痨病,一动就喘不上气、干不了活,虽说政府有补助,可光靠补助也不行,还得种地。种地靠谁?靠俺娘。战前你探家,到俺家里看过,那时俺老婆还在,地里的活她能干。你说她很辛苦,种了二亩棉花,背着个药桶子整天打药,把刚满月的孩子扔在家里。你说她满身毒药味,溢出的乳汁把胸前的衣裳湿了两大片。孩子在家里由老娘看着,咱穷当兵的家庭,买不起奶粉、麦乳精之类高级东西,孩子饿了、渴了,老娘就嚼几块饼干吐到她嘴里,连开水都没有,馏干粮时的锅底水,装在那把不保温的破暖瓶里,一开塞子就能闻到刺鼻的怪味。孩子就喝这种水……兄弟，你没有忘记吧？你向我述说我家里情景时，我哭得满脸都是泪……当时我就想，我怎么这么窝囊这么没本事？让爹娘、老婆孩子在家里受那样的苦难？哭过了就恨自己，我当时对你说：中光，像咱这样的不配找老婆不配结婚更不配给孩子当爹。都是孩子，生在富贵之家，吃牛奶吃面包穿新衣戴新帽，生在咱这样的家庭，吃什么？穿什么？嗨！

"你回队后，我回家探亲，家里的情况比你说的还要糟糕。爹更老了娘也更老了，孩子黑干枯瘦像只钻灶洞的猫。破屋烂舍，一地鸡屎。锅里扔着几只脏碗、锅台上扔着两块地瓜。爹咳着喘着去放牛，娘背着我的女儿，挪动着两只小脚绕着院子转圈，孩子哑哑着嗓子哭，有气无力。进门叫了一声娘，泪就涌了出来。娘一看是我，兴奋得浑身哆嗦，差点把孩子掉在地上。她把孩子从背后转到胸前，对孩子说：'盼盼，看看是谁回来了？这就是你的爹！叫爹，快叫爹吧！'女儿满脸灰垢，流着清鼻涕，把一只小脏手塞到嘴里吃着，口水把脸前的肚兜兜都沾湿了。娘说：'她不认识你。'是啊，从她生下来就没见过我的面，怎么能认识？娘说：'盼盼，让你爹抱抱你吧！'我扔下行李，从娘手里接过女儿。她吃着手，嘴里咿咿呀呀地说着小儿语，一声也不哭。娘感叹一声，说：'到底是骨血，一点也不认生。'这就是我的女儿？抱着她我感到绝望极了，心里一片废墟。已是秋天了，树上已有焦黄的叶片滴溜溜落下，风萧萧，长空雁鸣，可这不足半岁的孩子只穿着一件遮住肚脐眼的小兜兜，光着屁股赤着脚，冻得冰冰凉。她的腿上屁股上有一块块的青，我问娘：'这是怎么弄的？'娘回答道：'生下来就这样，她前世欠了阎王爷的债，让小鬼用板子打的。'我说：'该给她穿条裤子啦。'娘说：'又是拉又是尿的，能晚穿一天就晚穿一天。'我说：'别冻坏了她。'娘说：'冻不坏冻不坏，冻不破咸菜瓮，冻不坏孩子腚。'后来她哼哼唧唧哭起来！娘说：'她渴了，喂点水吧。'娘从水缸里舀了半碗浑水，吹吹土，把碗触到她的嘴边，说：'盼盼喝水呀盼盼喝水。'她叼着碗沿，喝了几口，不喝了，还哭。我说：'没有热水？'娘说：'暖瓶胆炸了……'

"中光，你说当时我心里是什么滋味？咱在部队吃大米白面，孩子在家连口热水都喝不上。你知道咱老家的水既含氟又含碱，比中药汤子还难喝，孩子怎么能愿意喝？她哭，娘说：'这个小东西八成是饿了，抱她进屋吧，弄点东西给她吃。'娘从锅后掐了一口玉米面饼子，嚼成糊状，从盐罐子里捏了点盐末撒上，然后硬抹到她的嘴里去。她挣扎着、哭着、咳嗽着，终于把这口撒了盐末的糊糊咽了下去。我哀求着：'娘，别喂她了吧……'娘说：'不喂怎么行？这孩子吃哭食，像你小时一样。'娘又嚼了一口饼子抹到她的嘴里，这次她呛了，吭吭吭，像个小老头一样咳嗽着，脸憋得青紫，好一阵才缓过来。娘说：'行喽行喽，不喂了，等她娘回来吃奶吧。'我问：'她娘什么时候能回来？'娘抬头看看西沉的太阳，说：'还得会儿，棉花开白了地，一起风甩了鞭就没法弄了，夜里还有贼偷，你爹天天夜里蹲在地头上守着，守着还被人偷了一些去。唉，这庄户日子真是不容易过噢。'娘擦擦眼说，'原指望你能出去混上个一官半职的，挣钱多少不说，我跟你爹脸上也光彩光彩。转眼两年过去，看来没什么指望啦。实在不行就回来吧，这样下去把你媳妇也毁了。我跟你爹也没几年活头了，看着你们夫妻团圆了，死了也就没心事了。回去跟你们领导说说吧。不是爹娘落后，早往年闹八路那阵，娘整夜不困觉给八路碾小米子烙煎饼，也没发过一句怨言，现如今不行喽……'待一会儿娘说，'你抱着她出去转转吧，我该做饭了。你爹在河堤那边放牛，你去看看吧。'

"我抱着盼盼，百感交集地朝河堤走去。盼盼咿咿呀呀地哼唧着，已经有气无力。我突然觉得这孩子要死，心里恐惧得要命，忙解开纽扣，脱下军上衣，把她包起来。站在高高的河堤上，看到那一轮红日大如磨盘，正飞快地沉没，冰凉的红光辉映着河底坑坑洼洼中的积水，宛若红色的冰。我感到浑身发冷。河堤上蹲着几个老头，其中一个瘦如干柴，满头白发，那就是我的爹。我朝他们走去，腿像石柱子一样僵硬沉重。我走到他们面前时，他们已经站了起来，连爹在内一共有三个老头，都是我的叔叔辈的，问候寒暄过，那两个老人就逗盼盼，让她叫爷爷。那个红光满面的胖老头，儿子在县里当官，明显地气魄不一样，说起部队里的事，他也很内行似的说：'叫你爹出点血吧，买点稀罕东西带回去，连长指导员之类的送送，管用的。军队地方一个理，这个我懂。'爹嗫嚅着：'哪里还有血出？没有血啦，用扎枪攮上两个透眼也淌不出几滴血啦，眼见着连买盐的钱都没有了……'胖老头说：'老兄弟，这就是你糊涂不明白啦！钱还有白花的吗？没有，钱没有白花的！十车大粪下了地，春天不长秋天长，早晚要使劲。信我的话，宝珠这次回去，你豁出去三百块，打点打点，赶明儿宝珠提拔成军官，钱是大把地挣，亏不了你的本！'他嗓音洪亮，震得我的耳朵嗡嗡响。爹说：

'二哥说的话一句瞎的也没有，只有我——'爹指指瘦骨嶙嶙的胸脯，说，'把我卖了也不值三百块钱呐！'胖老头说：'我知道你没有钱。活人能叫尿憋死？没有就借嘛！等到宝珠提拔成军官，连本带利一齐还！'爹苦笑着说：'能借到钱不算穷人家。就我这个样，谁见了不躲得远远的？嗨，算了，命里有时总会有，命里没有莫强求。自己闯去吧，穷人家的孩子，别起心太高，出去混两年，吃几天好汤饭，穿二年新衣衫，也不枉为人一世。混好了是老天爷开眼，祖宗坟上冒青烟，混不好也是该当的，回家来刨着土坷垃挣口饭吃，祖祖辈辈一茬人不都小的熬大大的熬老老的熬死，一把黄土盖住眼，完了事喽。'胖老头说：'听听你说这些话，丧气不丧气？咱宝珠一表人才，终不像个土坷垃里找食吃的鸟，人活着，就要憋足心劲往上奔，人往高处走，水往低处流，就说俺家胜利吧，在县里打杂那阵子，也是低头耷拉角，我就给他打气、鼓劲，卖了一头肥猪，杀了三棵梧桐树，凑了三百零几块钱，买上烟呀酒呀，管用的领导都打点到了，等到机构改革，一下子提成了局长！管着好几千人！车坐明盖的，烟抽带把的，酒喝铁罐的，吃饭是七个碟子八个碗，吃一看二眼观三，家里养着一条大狼狗，吃肉吃鱼、吃得毛眼儿流油，叫起来不是汪汪汪，是哐哐哐，哪里是条狗？活脱脱一匹老虎。老婆孩子享的福像山一样高像海一样深，难得那小子有孝心，把我接了去，住了三天住不下去了，咱天生一副穷骨头，享不了那么大的福……'

"我知道他短时间内不会结束他的话，便说：'爹，咱家去吧？'爹说：'家去啦，二哥，您坐着。'胖老头说：'宝珠大侄子，回家和你爹好好合计合计，舍不出孩子套不到狼，挂不上蛐蟮鱼不会咬钩，你会有大出息的，我的眼力向来是一等一的……'爹起身去捉牛。牛在河堤的慢坡挑挑拣拣地吃草，缰绳盘在角上，显得格外自由。夕阳照着我的爹，使我的爹像个金人，使我爹的影子拖得很长。我托着我的女儿，心如苍凉的荒原，眼睛越过河堤对面稀疏的树木，看到那一片片白棉如雪的大地。蚂蚁般的人们还在地里劳碌着，那其中有我的妻子。十几小时没吃一点奶水的女儿在我的手上睡着了。她睡得很不安宁，不时地抽搐着。我在清凉的空气中，嗅到我女儿身上的腥臭味儿……

"直到天黑透了，我老婆才回来。她扔下沉重的棉花包，冷冷地跟我打个招呼，顾不上吃饭，把孩子抢过去。孩子焦急地拱着她的胸脯，寻找吃的，终于找到了，我听到她一边吮吸一边哼哼着。在黄昏的油灯下，我老婆闭着眼睛,坐在小板凳上,脸色蜡黄,一动不动,由着我女儿嘴吸、手抓、脚蹬……女儿在她怀里睡着了。她睁开眼睛,把孩子放在跳蚤猖獗的炕头下。娘说:'盼盼她娘,吃饭吧。'她应了一声,在鸡喝水的盆子里洗了一秒钟手,在黑色的毛巾上擦擦,搭毛巾时,惊动了伏在绳上休息的几百只苍蝇,它们在微弱的油灯光芒中嗡嗡飞行,一刻钟后复归平静。晚风从田野里吹来,带着浓重的腐败味道。豆大的火苗在灯芯上摇曳着,随时都会熄灭的可怜样子。娘又催:'吃饭吧。'小饭桌摆在娘的炕上,桌上有一个蒜臼子,一个酱碟子。爹蹲在炕头上,一边咳嗽一边抽旱烟。娘说:'咳嗽就别抽了。'爹不吱声,眼睛在烟锅暗红火焰的辉映下,一闪一闪地亮着。娘说:'盼盼的娘,你开锅拾掇吧,我的腿痛得站不住了。'娘手把着炕沿,爬到炕上。妻子揭开锅,端上一盆剩地瓜,从锅底舀了两碗馏锅水……算了,我啰唆这些干什么?一转眼十天过去,该走了。爹哭娘也哭,她像生离死别。我的老婆没有哭,抱着盼盼,像个木头人一样……我摸摸女儿的脸,说:'盼盼,顶多再有半年,爹就回来啦……'这时我老婆的泪水咕嘟冒了出来……谁知道,这一去……"

"别说了!"不是华中光喊叫,是我在喊叫,姜宝珠这一番哭诉，简直是代我诉苦，赵金兄弟，我的家庭你知底，跟姜宝珠一模一样。

"不，我要说，"姜宝珠拍拍门，对着房间里早已停止号啕的华中光喊，"中光，你孬好还有一个哥哥在家，父母也健康，没结婚无牵挂，你闹什么？"

华中光哇啦啦一声大哭，扑出来，搂住姜宝珠，说：

"宝珠别说了，你的话不像剪刀像粉碎机，把我的心给研成了肉酱……"

我和罗二虎挤进他的墓穴。空间狭小，容不得多人，几个干部便傍在边上往里看。野草和松树的根从外边扎进来，弯弯曲曲，丝丝缕缕，像章鱼的腿、鲇鱼的须，灵敏机智，要拔掉它们，要斩断它们，如同"白日"做梦。在这些树根草根中，华中光垒了一个大土墩子，一个小墩子。一纱布口袋萤火虫从一根树根上悬挂下来，碧绿的光芒照在一张摊开的报纸上。

华中光挤过来，说：

"各位连首长，其实我大白天号哭并不是想回家，你们家里的情况都比我家里的情况艰难得多，你们尚且能安心在这里坚守，永远不再回去，我有什么理由回去？我的号哭是因为这张报纸。"

罗连长斜了一眼那张油污的破报,说:

"什么破报纸,让你这样难过?"

"这报纸上刊载了一条消息,看着看着,我就控制不住了。"

"什么消息?"罗连长问。

华中光将报纸递到罗连长手里,说:

"您自己看吧。"

我也把头凑过去,看到残缺不全的报纸上刊载了一条残缺不全的消息,大概的意思是说,据消息灵通人士透露,中越两国即将恢复关系正常化。我不屑一顾地说:

"这样一条消息,也值得你这样哭嚎?"

"指导员,"华中光含着眼泪说,"我越想越感到死得冤枉。"

"你这个同志,思想很成问题嘛!"罗连长严肃地说,"世界上没有永远的朋友,也没有永远的敌人。人跟人之间是这样,国家与国家之间也是这样。矛盾积累到一定的程度,就得打;打到一定的程度,必然就要停。不打也就没有今天的和平。懂了没有?"

"不懂。"华中光摇着头说。

"不懂也没关系,国家大事,用不着老百姓操心,更用不着死人操心。"罗连长说。

"可是……"华中光还想啰唆，我截断他的话头，说："你累不累啊？"

这时松林中有野鸡啼叫，一阵灼热的人声和骡马鸣叫的声音从四面八方逼过来，我们都感到心神不定，好像要出什么大灾祸一样。

七

"想不到死后也这么麻烦，"我感叹道，"过去听老人们说，人死如灯灭，气化春风肉做泥，可见是瞎说了。"

钱英豪道："原先我也是这么想，谁知死后才知道根本不那么简单，这就叫做——不死不知道，一死吓一跳！"

他挪动了一下屁股，数千点水珠噼噼啪啪打在河面上，立刻在浑浊中消逝得无影无踪。天的西南侧那儿莫名其妙地开了一条缝，闪出一道凌利如剑的金光来，照耀得满河通红。几只羽毛光滑的红燕子紧贴着水面飞行着，还不时地用肚皮点水。在阳光下河水涨得更大了，石桥已经没了踪影，连那凸起的浪墙也不见了。洪水已把河堤上的许多丛紫穗槐淹没了，柳树下垂的枝条戳到水里后，又轻轻地漂起来。河水的流势也似乎不如方才湍急，靠近柳树这儿，竟平静犹如死水，只有偶尔出现的漩涡标明这不是死水，只有小股因前方有障碍而回流的水标明这不是死水。有东流的水，有西流的水，两股水相持，这里才有平静，漩涡也因此而生。阳光下的水把浓烈的腥味散发出来，刺激着我的膀胱——我搞不清楚这味道为什么会刺激膀胱——使我感到尿迫，我说：

"英豪，你等我一会儿，我下树去方便方便。"

他怪声怪气笑了几声，又阴阳怪气地说："你的臭毛病就是多，撒泡尿还要下树？"他腾地站起来，说，"我给你示范一下！"他将双脚后跟并拢，腰板挺得笔直，面朝着太阳，解开了裤扣，说，"撒尿时要紧咬牙关，集中精力。撒尿就是撒尿，不能胡思乱想，就像打靶瞄准一样，胡思乱想是打不中靶心的。"他问我，"知道为什么要紧咬牙关吗？看样子你也不知道，紧咬牙关是为了你的牙齿健康，并且还有减肥作用。你明白了没有？明白了就要照着做，明白了不照着做还不如不明白，好啦，看我的！"

他不再说话，身体保持着标准军人姿态，柳梢起伏波动，俄顷，一道透明的水柱，射向河水。水柱的下端插进金色的水面，上端插进他的身体，宛若一道袖珍的彩虹。这彩虹把他与这条波浪翻滚的大河连系在一起，好像大河是他尿出来的，好像他是大河结的一颗硕果。这道彩虹保持了足有半个小时。我恍惚觉得他已经死在那里，水分流干，变成了一架套在旧式军衣里的白骨。幸好，这种可怕的联想刚刚在我的脑海里出现，彩虹突然消失。我看到他强硬地耸了一下肩头，又用利索的动作整好裤子，然后以左脚后跟为轴、右脚尖为动力，转体90°，正面对着我，威严地命令我：

"赵金，出列！"

冷却了许久的军人血液刹那间又在我体内燃烧起来，我忘了掉到河中的危险，紧绷起全身的肌肉，勇敢地向前跨出一步，柔软的树枝在我脚下，竟像生满茸茸绿草的厚重大地。

"面对太阳！"他命令我。

我以右脚跟为轴、左脚尖为动力，转体30°，面对着从西南方向厚重云隙中射下来的万道光华，河水的喧闹声退得很远很远，我听到我的心跳声与他的心跳声融为一体，战友情谊从来没有像现在这样令人感动。他在我耳边继续发布着命令，我感到我是他胯下的一匹骏马，双耳如削竹，四蹄如金钟。我渴望着他的命令。

"咬紧牙关!"

咬紧了牙关。

"收起小腹!"

收起了小腹。

"排除杂念!"

排除了杂念。

"屏住呼吸!"

屏住了呼吸。

"预备——放!"

那些在我体内跃跃欲试的液体奔涌而出,在我与河水之间也立即架起了一弧袖珍的彩虹,我感到那些液体在我体内快速地循环着,冲刷着每个管道,管壁上附着多年的积垢溶解在液体里,并随即排到体外。这种冲刷积垢的愉悦真是无法形诸语言。其实在这个过程中,我是身不由己的。肢体活动受限,思维却极度自由,感觉极端敏锐。我看到那架彩虹在不断地变换颜色,赤橙黄绿青蓝紫,阳光里包含的颜色都在这彩虹里表现出来。当它表现为赤色时,我精神亢奋,激情似火,招展的红旗在我眼前飘扬,我嗅到强烈的硝烟味道,肌肤感到空气灼热,仿佛处身战场。当它表现为橙色时,浑厚的、金羊毛般的音乐从河水中如烟似雾般升腾起来,音乐像一个温暖宜人的襁褓，包裹住我的身体。音乐声愈来愈强烈，它由橙变黄，河上团团簇簇升腾着音乐之火，狂热而昂扬，辽阔又宽广，河流汩汩漫漫，如同一望无际的沙漠。黄渐变为绿，气候清凉宜人，弯弯曲曲的藤蔓在我眼前垂挂下来，上面对称生长着巨大而肥硕的植物叶片，一群群五彩缤纷的甲虫沿着藤蔓爬上去爬下来，好像各自都怀揣着十万火急的命令需要传递。有时两只甲虫碰了头，各不相让，十几条腿胡乱攀扯一阵，必有一只失足跌落。当我为它的跌落而惊呼时，它已绽开背上的甲壳，舒展翅膀，嗡嗡地飞行起来，然后，如一粒小石子，啪的一声跌落在叶片上。那些轻纱般的绢翅，奇迹般地收缩折叠起来，背上甲壳合拢，天衣无缝。我不由得由衷感叹大自然造物的精巧完美，这时候你无法不相信在阳光后边有一位万能的上帝。你可以看到他金色的长胡须和慈祥的面容。但这时绿变为青，青色的远山缓缓地向我走来，它站在河的对面，把它高大巍峨的青色阴影投在辽阔的河面上，青了我的感觉，青了满河的水。蓝色降临，万物透明如水晶雕琢，成群的孔雀张开它们蓝色的尾翎，像一把把迎风撑开的花伞。河水在一瞬间也变得蓝汪汪的，渐深渐浓，终于蓝到发黑，隐藏了水底无数的秘密。最后，紫色的感觉以它的华贵纱裙擦拭着我的眼睛,我感到心中充满了对这个世界的无限感激、无限留恋之情,紫色的液体从我体内排出,紫色的泪水充盈着我的眼眶。当我的感觉变成无色透明时,当河水恢复了浑黄、田野恢复了碧绿、远山恢复了黛青时,我感到浑身轻松感到五脏六腑内空前的洁净,这时一切的幻觉戛然而止,我听到钱英豪在我耳畔发出的威严命令:

"松开牙关!"

是,松开牙关。

"耸动肩膀!"

是,耸动肩膀。

"扣好裤扣!"

是,扣好裤扣。

"向后转!"

是,向后转。

"入列!"

是,入列。

我和他面对面,互相看着,一会儿,竟然不约而同地哈哈大笑起来,直到笑出了眼泪,才止住。

这件事好像十分荒唐,但那漫长的过程中那些奇特而美妙的感觉,却历历如在眼前。

云缝重新关闭、遮住了阳光，河上暗了许多，水的腥气也减弱了。一阵东北风吹过，河上陡开万层波澜，有一条死狗从上游冲下来。它肚子膨胀，皮毛脱落，形象丑恶，引起我心中一丝不快，幸好它转眼即随波而去，我的不快也随波而去。东北风过后，空中又斜飞下稀疏的白色雨点，这些雨点显得轻飘飘的，仿佛用锡箔纸剪成的一样。几十只白色的海鸥从上游飞来，它们的颜色是银灰色，比雨点颜色深一些，所以可以清楚地发现，它们的飞行是特技飞行：在斜飞的雨点中穿行，不让一个雨点落在羽毛上，尽管它们的羽毛沾有油脂，雨水打不湿它们。

观看了一阵子海鸥飞行，我觉得肚子有点饿了，恍然想起午饭还没吃，便问："你饿不饿？"

他反问道："你呢？"

我说："我已经饿得很厉害了。"

他也说："我也饿得很厉害了。"

我说："我的旅行袋里有面包、香肠、德州扒鸡，还有一瓶茅台酒。"

他说："还是拿回去给你家大爷大娘吃吧。"

我慷慨地说：

"咱哥俩十几年没见面了，今日重逢，是天大之喜，战友情胜过父母情,让我们干掉它们。你等着,我下去拿!"

我低头往下看,发现不知不觉河水已经涨到与河堤平齐了,这株生长在河堤半腰的柳树的下半部已经淹在水中,只余下我们站在上边的树冠,宛如一座洪水中的孤岛。我的行李在河堤上,随时都会被水冲走。他说:

"算啦,你这个头脑发达四肢不灵的家伙,在黄县时就笨,现在发了福,更笨,等着,我下去拿。"

他这次没从枝杈万千、曲折犹如迷宫的树冠中下去。

"看哥们给你表演个空中飞人!"他说着,像跳水运动员一样在树冠上单腿腾跳,树冠像力量强大的弹簧把他弹向空中,落下,再后弹起,连续三次,一次比一次高。最后一次他的身体离开树冠足有十米高,我仰脸望他时,甚至都感到他的身体因与我距离拉远而变小了。在十米高处他翻了一个筋斗,并借机俯下身体,舒展开四肢。河上升腾起的水汽托住了他,使他姿态矫健潇洒,犹如翱翔的鹰隼。我想不到这家伙竟练就了这样的超人技巧,所以我瞠目结舌。他对着我的旅行包俯冲下去。俯冲的过程中他做了一个转体动作,所以他是笔直地落在了河堤上的。从高空落下,竟然没有发出什么声响，这样的轻身功夫可谓空前绝后，武侠小说中胡编乱造出来的那些盖世英豪也不过如此了。

他站在堤上问：

"东西在哪只包里？"

"在那个灰色人造革包里。"

他拉开旅行包，把两只用塑料袋装着的果汁面包、一只用纸盒装着的德州脱骨扒鸡、两根蒜味香肠摸出来，然后，一件件地扔给我。他是军区级的投弹能手，扔东西时手上像长着眼睛一样，用力恰当，又稳又准，我接时毫不费力。最后，他把那瓶茅台酒扔给我。我担心这些东西漏到树冠中，不敢放下，抱在怀里。

"你怎么上来？"我问。

"小意思！"他说。

他后退两步，纵身往前一跳，脚尖在柳树与河堤之间水面上露出的紫穗槐梢头上点了一下，便像只绿色的猫一样，蹿到树冠中来了。我弯腰拨开树冠上的细枝，看到他如一股急烟，盘旋着升了上来。

"怎么样？"他得意地问我，龇出一口比过去明显白了的牙齿。

"了不得！"我说，"你小子什么时候练成了这套飞檐走壁的本事？"

"这算什么,小把戏好练。"他满不在乎地说,"比咱俩练吃豆时省事多了。"

八

于是,守备区礼堂猩红的天鹅绒大幕便缓缓地拉开了。那是1977年八一建军节的前夜。

我和钱英豪待在后台化妆室里,心中像揣着只小兔子,别别地乱跳。那时守备区有一个名为业余实则专业的战士剧团,逢年过节就登台演出几次,演出节目无非是独唱、舞蹈、对口快板、山东快书、相声、样板戏选段之类。战士剧团有一个专管报幕的女演员,个子很高,鼻子很大,嘴也不小。我们第一次见她是在守备团的简陋礼堂里,那时我们刚入伍半个月,在新兵连里睡稻草铺啃窝窝头冻得直流清鼻涕,所以一进暖气融融的礼堂就像进了天堂。当这个高鼻阔嘴浓妆艳抹的女报幕员从大幕中钻出来时,我们都以为是仙女下了凡尘。心里想要是能找到这么样一个媳妇哪怕过一天死了也不枉为人一世。从来没见到过的强烈灯光照耀着她。她穿着一身新得发亮的军装,亮晶晶的黑皮鞋,裤线笔直,像刀的利刃。胸脯那儿隆得很高——后来我们在一起私下议论她这个时，钱英豪十分内行地说：你们统统外行，那是假的！我见过那玩意儿，一副驴遮眼里，塞上一斤多棉花，怎么能不高呢？——她脖子细长，像蒜薹一样。嘴唇红得透亮，鼻子雪白，眼睛是两大团漆黑、眉毛略有掉梢，额头也是雪白。尤其是那一头乌发高高地蓬着，蓬而不乱，亮得晃眼睛，不知抹了几斤桂花油——又外行了，钱英豪批评我们道，那是用的发蜡！上海造，钻石牌，四方形铁盒装着，一块二毛钱一盒，还还还桂花油呢，你以为她是地主的小老婆？地主的小老婆才用桂花油——这家伙，好像什么都知道，好像他是报幕员的化妆师，好在我们什么都不知道，由着他信口胡说——她怀里搂着一束鲜花，有红的有紫的有白的有黄的，简直是五彩缤纷。那花鲜得呀像刚从枝上剪下来的一样——钱英豪这个杂种硬说花是塑料的——她搂着鲜花一出大幕，台下的新兵简直炸了营，起初是嗷嗷乱叫，一个军官站在过道里喊：不许乱叫，鼓掌！于是紧紧闭住嘴、发了疯样拍巴掌，拍得指头骨都痛了——钱英豪批评我鼓掌姿势不对，既费力手又痛发出的声音还不大。他说两只手掌弯曲成弧形，不要正对着拍，要十字交叉着拍，这样两掌之间有一个空间，发出的声音特别大而且手还不痛。我一试验，果然他说得对。他得意地说：服气了吧？我说：服倒是服了，不过她一出来，我整个人都懵了，哪还顾得上去研究拍巴掌的姿势？他说：你这种人干不了大事。我问为什么，他说干大事的人无论在什么情况下都要保持头脑冷静——尽管没有几个新兵会像钱英豪那样研究鼓掌姿势，但掌声还是像浪潮一样，差点把礼堂的盖子给掀了。她一定很得意，因为她对着我们咧开嘴闪出两排白牙，腮上挤出两道沟沟，她在笑。这么多小伙子给她鼓掌她怎能不得意呢？掌声终于停息了，她迈着小碎步走到头上缠着红布的麦克风前，千娇百媚又一笑，然后启朱唇露银齿，声音犹如叮咚泉水从嘴里流出来：

"敬爱的首长，亲爱的战友们，你们好！"

又是一阵掌声，就像报纸上常说的那种"暴风雨般的掌声"。这次我们改掉了农民习气，只拍巴掌，再也不嗷嗷乱叫了。她又说：

"我代表守备区战士业余剧团向你们致以崇高的敬意！"

说到"敬意"时，她把声音突然扬上去，好像平地上突然冒起了一座高楼，好像河面上突然掀起了一个波浪，这一下犹如火上浇油，把我们煽得激情似火，熊熊燃烧，还犹豫什么？还研究什么？鼓掌吧同志们！她

又说:

"亲爱的新战友,你们放下镰刀锄头锨镢二齿钩子,参加解放军,穿上绿军装,走进革命队伍,扛起革命枪,鲜红领章两边挂,五角帽徽闪金光。我谨代表战士业余剧团向你们致以崇高的军礼!"

她双手搂着那束鲜花,其实无法行军礼,我们对此表示充分的理解,鼓掌。她说:

"欢迎新战士专场文艺演出现在开始,第一个节目大合唱《我是一个兵》。"

原来这场演出是为我们新战士准备的,当兵真好,当兵真有意思。她搂着那束鲜花钻到大幕里去了。原来这束鲜花也是献给我们新兵的,人多花少,不够分,分不好得罪人,所以她抱回去了。对此我们也表示充分的理解,鼓掌。然后大幕彻底拉开,军号吹响,战歌嘹亮。节目有精彩的也有不精彩的,其实节目已经无关紧要了,我的心整个地拴在了那报幕员的身上。现在,仅仅距那次演出一年半的时间,我和钱英豪竟然作为战士业余剧团的特邀演员,与她一起同台演出了!

这时我们已经知道她叫牛丽芳,七三年的兵,原先在守备区医院当护理员,因为能歌善舞,被选到业余战士剧团。起初跳舞,后来因为摔了腿,改行报幕。我和钱英豪在黄县守备团的礼堂里演出过,那时大家都放松,台上战士演,台下战士看。这次可不行了,台上是专业人才(除我和钱英豪)演出,台下观众里有军队和地方的许多高干,我们不紧张才是怪事。我这人有个怪毛病,一紧张就想蹲厕所,真蹲到厕所里又没有景,一出来又不行。进进出出,反复折腾,闹得苦不堪言。剧团领导过来安慰我:"别紧张,像在黄县时一样,放松,彻底放松。"话是这么说,但我总放松不了,气得钱英豪一把捏住我大腿根死劲地一拧,哎哟我的亲娘!痛得我在地下蹦了一个蹦(事后发现大腿里侧青了一大片),眼泪都流出来了。说也怪,钱英豪这一下子,竟把我的毛病暂时治好了。我的肚子轻轻松松,心跳也变得有规律了,再也不用坐立不安、把两条腿像拧绳子一样拧来拧去了。只有大腿根里侧火烧火燎地痛。我安静地坐下来,听着前台的动静。

　　掌声停止,演出开始了。舞台上的巨大轰鸣被层层墙壁挡住,传到化妆室时,已变得很柔和,我竟产生了自己是待在透明的水里谛听岸上声音的感觉。这时曾受到我高度崇拜的报幕员牛丽芳提着一束鲜花进了化妆室。我和钱英豪借调到剧团还不到两个星期,见过几次未上妆的牛丽芳。她不上妆时脸色苍白,嘴唇破旧,双眼无神，眉毛稀疏，头发虽黑但没有光泽。初见时我根本想不到是她。那天是星期天，她反穿着军用棉衣，让绗线暴露在外，趿着一双红色塑料拖鞋，端着脸盆，脸盆里盛着肥皂什么的，湿漉漉的头发里插着一把粉红色塑料梳子，从澡堂那边走过来。钱英豪戳我一下说：

"呶，报幕员！"

我赶紧看他一眼，说：

"不像吧？她怎么会是这副模样？"

钱英豪说："要是不是她，我把眼珠抠出来给你当玻璃球儿玩！"

我又看了她一眼，说：

"模模糊糊有点像。"

"别的不说，你就看看她那嘴吧，我敢打赌，咱全要塞的女兵数她嘴大。"钱英豪肯定地说。

当我遵照着钱英豪的指示，再次回头专门去看她那张大嘴时，却碰上了她那恶狠狠的目光，吓得我赶紧缩缩脖子，抽回眼睛，听到她在背后骂我们：

"流氓！"

她的骂使人感到羞愧难当，因为我忽然意识到，不着彩妆的她更加令我迷醉，而最让我迷醉的竟是她那张大嘴。

她提着上台报幕的那束鲜花依然是去年献给我们的那束花。她把它摔在桌子上，离着我很近。我看着那束花上沾着灰尘和化妆油彩，果然是束塑料花，钱英豪果然经验丰富。我不由得去看她，但她已把身体侧过了，将半个脸半个身体对着我们。她的脸上涂着浓厚的油彩，耳朵后边和脖子上的皮肤显得又灰又黄，这种对比使我产生了不舒服的感觉。她从化妆桌上端起一只用绿色塑料绳编织套套着的果酱杯子，凑到唇边，轻轻地呷了一口水。杯子里有两枚黑黑的东西晃动着，钱英豪说那是治哑嗓子的中药胖大海。喝完水后，她又拿起一管红颜色对着镜子抹了抹嘴唇。她的舌苔焦黄，腮上有一些白色的小包从厚重的油彩中凸出来。这个像仙女一样在我的思念中生活了一年半的女人，现在竟然与我近在咫尺，我看到了她的永远无法被台下观众看到的东西。钱英豪竟然大模大样地问她：

"老牛，我们的节目什么时候上？"

她用舌头抿了一下嘴唇，斜看我们一眼，冷冷地说：

"节目单上不是印着嘛！"

然后她对着我们十分牛皮地皱了皱鼻子，狠狠地用白眼剜了我们一下，匆匆地跑出了化妆室。

节目单上印着：

滑稽小品：
《吃豆》

表演者：
钱英豪、赵金（黄县守备团战士）

说实话，我们俩都不是浓眉大眼高鼻梁的英雄形象，做梦也没有想到竟然当了演员登了台，尽管是临时借调的。这件事纯属偶然：七七年春节，怕新战士想家，连里要组织文娱晚会。指导员说，"四人帮"都粉碎了，今年咱要解放思想，不再搞什么"击鼓传花""诗朗诵"等等老一套，大家开动脑筋、出点新花样，只要内容健康就行。好的节目推荐到团里会演，在大礼堂，尤其是新同志要各显神通，有本事不露可就埋没了。

指导员训话后，钱英豪找我，说：

"赵金，咱俩出个节目吧？"

"你别逗了，我这人你也不是不知道，见了生人脸就红，让我出节目，你还不如杀了我算了。"我没好气地说。

"我这个节目好演,不要你说一句话,只要你上了台,张着口等着就行了。"钱英豪狡猾地笑着说。

"这算什么节目?"我纳闷地问。

钱英豪笑着说:

"这个你就不懂了。哎,我问你,还记不记得张老六?"

"当然记得,"我说,"咱跟着他割过草。"

"吃过他烧的豆!"钱英豪特别强调道。

张老六是我们村里的孤寡老头,秃头、小眼睛、罗圈腿,满肚子鬼狐故事,以割草卖草为生,提到张老六,我的眼前立即展开了故乡那一望无际的荒草甸子,金秋时节,草梢黄了,草缝里盛开着野菊花,满甸子香气浓郁。天蓝得令人目眩,蓝天上悬挂着白得让人头晕的云。我们赶着牛,跟着张老六,到荒草甸子里去。头上一片婉转的鸟鸣,地下奔跑着野兔子。到了甸子边缘,老六说:"孩儿们,偷豆子去吧!"我们一窝蜂扑到邻村的豆地里,每人拔一堆干透了的豆棵子,抱着,跟着张老六,牵着我们的牛,深入到草甸子中央。老六把我们偷到的豆棵子集中起来,吩咐我们去拾点干草。我们一哄而散,四下里拾来干草,集中到老六身边,老六把干草顺成一溜,把豆棵子均匀地铺上,然后在上风头点上火。火似一条龙往前走,噼噼啪啪豆爆响。火着到头,地下余下长长一条灰烬,个别的草梗还在扭曲着燃烧,冒着细弱的青烟,大批的青烟消散在草地里。适才的火焰烤得我们肚皮灼疼,焦豆的香味已从薄灰中散出来。张老六的秃头上汪着一层油,沾着几线白灰。我们都看着我们的领袖。他说:"脱下褂子来,都给我扇!"我们脱下褂子,扇扇扇!扇扇扇!扇走灰烬露出青色的地皮和均匀地散布在地上的焦黄的豆。张老六烧豆的技术一等第一,不焦煳不夹生,又酥又脆,香气满嘴。他说:"吃吧孩儿们!"嗷的一声我们扑上去,有跪着的有蹲着的,用最快的速度吃。有单手捡了往口里掩的。有抓起一把吹吹灰屑整把往嘴里掩的——这是我的方式,虽笨拙但实惠,缺点是经常把泥块、兔子屎之类的东西吃到嘴里去。张老六是吃豆的技术能手,他左右开弓,手指像鸡啄米一般迅速。我们是把豆掩到嘴里,张老六是把豆远远地投进嘴里。他不用眼睛,全凭感觉,焦黄的豆粒百发百中地蹦到他的嘴里去。吃完豆后,我们的嘴巴乌黑,张老六的嘴巴灰尘不沾。钱英豪羡慕他吃得潇洒,跟着学,开始很慢,不几天后便超过了张老六。钱英豪心灵手巧,学什么会什么,上树、凫水、夹鸟、打弹弓,都是一流高手。我也跟着他练这练那,但什么也练不成……

他找了一个酒瓶子放在窗台上,退后几步,从口袋里摸出一把黄豆,对我说:

"看着。"

然后他把那些黄豆一粒粒地往酒瓶里投,虽然不是百发百中,但也是八九不离十。我很佩服但决不惊讶,我知道他什么事都能干出来。他说:

"看到了?"

"看到了。"

"明白我的意思了没有?"

"不明白。"

"你真笨!"

"我从小就笨,别人不知道,你还不知道?"

"我想咱俩出个吃豆的节目。"

"怎么吃?"

"咱俩上台,你张着口、我把豆粒一粒粒都投到你嘴里去。"

我一听就火了,说:

"你想用生黄豆胀死我?"

他笑着说:

"你个笨蛋，我到炊事班炒熟不就行了。"

我担忧地说：

"你能保证颗颗都投到我嘴里去？"

"咱练练试试。"

他让我背靠窗台站着，他自己退到墙根，命令我：

"张开口！"

我张开口。

"把嘴咧大点。"

我咧大嘴。

他摸出黄豆，投过来，黄豆打到我的鼻子尖上。

"你别瞎胡闹了！"我摸了一把鼻子说。

"第一颗不算，人家炮兵打炮还允许试射三发呢！好伙计，张大嘴，让我练练。"

我仰起头，张开嘴。

他用食指和拇指捏着一粒黄豆，稍微一瞄准，嗖一声，那粒黄豆果然恰好飞进我的口腔。连续投了十几颗，除了有一颗打在我嘴角上弹落在地外，其余的发发命中。这时正好副指导员进来，一看这阵势，问道：

"钱英豪，你又拉着赵金搞什么鬼名堂？"

钱英豪说：

"报告副指导员，我们俩正在排练文艺节目。"

副指导员说：

"什么文艺节目？"

钱英豪说：

"吃豆。"

我把嘴里的黄豆吐出来攥在手里，看着钱英豪对副指导员连说带比画地讲解着我们的节目。钱英豪说完了，副指导员歪着嘴笑道：

"你这小子满肚子歪门邪道！你们表演一下给我看。"

钱英豪又把几十颗黄豆扔到我的嘴里，这次是每发必中，没有一颗瞎的。副指导员也不由得赞叹道：

"你小子，在这儿当兵真是屈了材料，应该把你送到杂技团里去！这个节目基础不错，来来来，咱把它提高一下！"

副指导员很有文艺细胞，他让我不要僵立不动，要主动配合钱英豪。副指导员说：

"这个节目有两个方面的要求，第一方面的要求是针对钱英豪的。你要练到不论从什么角度、不论用什么姿势，都能把黄豆投到赵金嘴里去。第二方面的要求是针对赵金的，赵金要练到能用嘴巴接到不论钱英豪从什么角度、用什么姿势投过来的黄豆的程度。"

"副指导员，"我担忧地说，"那我不就成了一条大黄狗了吗？"

副指导员笑着说：

"可以用狗的意识去练，但你不是大黄狗。"

"副指导员，能不能让炊事班把黄豆炒熟？"我问。

副指导员潇洒地说：

"没问题，先炒十斤，用完再炒。"

我们的节目在连里引起轰动。到团里又引起轰动。据说我们那个不识字的大老粗许团长说他奶奶的从哪里招来这样两个日怪兵，简直是成了精。我们在团部礼堂演出时，观众席上有一个女人是战士业余剧团副教导员的家属，她把我们的表演情况告诉了丈夫……就这样，我们坐在守备区礼堂的化妆室里了。

前台主任冷漠地通知我们：

"《吃豆》准备上场。"

我和钱英豪走出化妆室，站在一道侧幕后，与千娇百媚的牛丽芳站在一起。舞台上正在表演着陕北秧歌剧《兄妹开荒》，男的侉声侉气，女的尖声尖气，脚后跟跺得舞台上的地板扑通扑通响。牛丽芳斜着眼看我们，我感到她的眼神里流露出对我们的轻视和仇恨。

《兄妹开荒》开完了,两个演员气喘吁吁地走到后台,正为一件什么事在低声拌嘴。台上开荒,台下吵嘴。牛丽芳闪到舞台上去了,我清楚地听到她向台下观众说:

"下一个节目,滑稽小品,《吃豆》。表演者,钱英豪、赵金。"

掌声响起。牛丽芳闪进来。我还在发愣,钱英豪推我一把,说:

"上台呀!"

我们来到战士剧团后,剧团的编导帮我们把节目加工提高了不少。在连里在团里的表演基本是即兴的,扔多少豆没数。有一次钱英豪投到我嘴里的黄豆足有半公斤,我来不及细嚼——他的豆像机枪子弹般射到我嘴里,为了不出纰漏,我只好囫囵吞豆。下了台肚子整夜发胀,崩崩崩大放响屁。业余剧团的编导规定我只吃四十九颗豆,每七个豆为一个单元,每个单元有固定的形体动作,又清楚又简洁。哪一个豆从什么方向飞来我心中都有数,可保万无一失。导演还给我们换了服装,我扮成老农:头扎白毛巾,上穿对襟褂,下穿扎腿裤,足登二道鼻布鞋。钱英豪扮成顽童:上穿红坎肩,下穿绿裤子,赤着脚,头上起一撮毛,扎成一根冲天小辫。整个一副马戏团小丑打扮。那四十九颗豆装在他脸前的小布袋里，袋口用猴皮筋系着，以防蹦蹦时颠出来。战士剧团的编导说我是钱英豪的爷爷钱英豪是我的孙子，我们俩表现吃豆的过程也就是祖孙嬉闹的过程。

那时思想刚刚解放，舞台基本上还是由工农兵形象占领着。我和钱英豪一上台，台下就响起了一阵古怪的笑声。第一组七个豆是我坐在椅子上，仰起脸，张着嘴，钱英豪站在离我五米远的地方，把豆子一粒粒投到我的嘴里，颗颗香甜，粒粒命中。台下一片掌声。第二组七个豆是我站着，钱英豪坐着，把豆投到我嘴里，粒粒命中，颗颗香甜。台下掌声一片。我们来了情绪，忘了拘谨，随机应变，小花样百出，突破了战士剧团编导为我们编织的套路。钱英豪这小子早就有阴谋，在那只小口袋里装了起码一百颗豆。最精彩的一颗豆是这样吃法：我们俩背对着，距离五米半，我仰面朝天，他捏着一颗豆，从他的头上高抛起来。我等待着那颗豆，我在仰望那颗豆，我在盼望那颗豆。舞台上炽亮的天灯刺得我眼睛难受。它来了，像个金色的小甲虫。这颗豆扔得准确无比，凭感觉我知道它会掉在我嘴里，根本不要我用嘴修正。一转念间它就落在我的舌尖上了。台下的掌声和笑声十分热烈，我脖子硬了，眼睛花了，肚子胀了，老孙子，饶了爷爷吧。钱英豪往大肥裤腰里一伸手，又拽出一袋豆子来。足有一千粒！我可不管你了，孙子，爷爷我飞一样蹿到后台去了。钱英豪追下来。这是即兴创造，后来据团长说这样结束十分有趣。前台主任喜笑颜开跑过来，拉着我们往前台推，舞台下像烧豆一样。我着急地说：

"我不吃了我不吃了！"

主任说：

"谢幕！谢幕！"

我们哥俩谢了幕。回来后，我说钱英豪你安的什么心肠？想撑死我？他说伙计你以为当我的爷爷你那么容易？我说不容易不容易真他妈的不容易！我们俩正低声争吵着，牛丽芳报幕回来。没看到我们时板着脸，一看到我们，脸板不住了，"噗哧"一声她笑了。紧接着她用手掩住了嘴。这一笑意味着她喜欢我们了。我心花怒放。正想找句话儿说，他妈的钱英豪又抢了先。他从袋里摸出一把豆，扬起胳膊，说：

"老牛，张大嘴！"

牛丽芳一愣，把手从嘴上摘下来。她不但没有张大嘴反而紧紧地绷住了嘴，松弛了的脸蛋又板了起来。她再也不理我们，连看一眼也不。钱英豪这一个玩笑把我们通向她的友谊之路彻底堵死了……

九

我把思绪从"吃豆"中拉回来时,看到他已在树冠上铺下了一块粉红色的塑料布。看起来他的树冠里一定还储藏着许许多多宝物,即便他从树冠里提出一支压满子弹的冲锋枪我也不会再吃惊了。他把面包、香肠、烧鸡摆在塑料布上,拧开酒瓶子,伸手从树冠里摸出两个搪瓷缸子,咕嘟嘟倒酒,在我们周围立刻就弥漫了浓郁的酒香。

他端起搪瓷缸子,举到我面前,说:

"为了咱哥俩的久别重逢——干!"

搪瓷缸子相碰,发出清脆声响。我们仰起脖子,咕嘟嘟灌了几大口,酒精立即渗入血液。他的脸上,有一层铁锈样的屑片,轻轻地落下来。他感慨地说:

"十几年没闻到茅台酒味了。"

"这酒其实也没有什么了不起,只不过是送礼的人把它的身价哄抬上去啦。"

"我知道,我们这边也兴起送礼风来了。"他撕了一条鸡腿,先放到鼻子上嗅嗅,然后快速地吃起来。我惊异地发现他的吃相邪恶而丑陋。他把整条鸡腿塞进嘴里，嘴唇不动，牙齿咯咯唧唧一阵响，手里就只剩下一根光溜溜的骨头了。他把骨头随手往河里一抛，水面上翻起几簇浪花，一条红色的大鱼像电一样地闪现了一下它的身形，随即便消失了。

半缸子酒落了肚，他脸上的铁屑剥落了几层，显出了青紫的底色。酒意上来，他的话明显地多起来，身体也在树冠上前仰后合。

"兄弟，我知道你方才想什么。"他狡猾地笑着说。他这种狡猾的笑容我十分熟悉，每逢他这样笑，就说明他要捉弄人了。不过现在他是不大可能捉弄我了。

"你说我在想什么？"我说，"猜对了我敬你一杯酒！"

他哈哈一笑，说：

"我要猜不透你心里那点小念头，就枉做了十年鬼！你在想她——"

"她是谁？"我故意装糊涂。

"大嘴巴牛丽芳呀！"

"你算蒙对了吧！"

"根本不是蒙，"他说，"你脑子里想什么，我隔着你的颅骨就看到了。你的脑子里有一块屏幕，像个火柴盒那么大,大嘴巴牛丽芳在那儿闪过来闪过去,你怎么能骗得了我?"

"噢呀,"我说,"你这不是具有特异功能吗?"

"在活人的世界里算特异功能,在死人的世界里就不算稀奇了。"他说。

"好好好,"我把酒瓶里的酒统统倒到他的搪瓷缸里,说,"算我输了,敬你一杯。"

他端起缸子,一仰脖子灌了个罄尽。又一层锈屑从他脸上噼噼啪啪地爆裂下来,这时他的脸变成了嫩绿色,那些个痤疮颗颗鲜红。鲜红嫩绿,相映成趣,使他的脸像一幅鲜活可爱的图画。

他说:"你知道牛丽芳的情况吗?"

我摇摇头,说:"到了南边后,我跟老部队断了联系。她大概有四十岁了吧?老太婆了。如果她发了福,她的嘴可能会显得小一些,如果她瘦了,那嘴可就更大了。"

他说:"反正咱都是过来的人了,我把我的秘密告诉你吧!"

他倏然进了树冠,转眼又冒上来。他递给我一个赭红色塑料封面的相册,说:

"你先翻着看看吧!"

我翻开相册，逐页看着那些因埋藏地下多年而变得霉迹斑斑的照片。第一页镶着新兵连时期的钱英豪，黄县工农兵照相馆的作品。钱的脸色灰白，鼻子上像抹了一块石灰。接着翻出了我们五个同乡战友的合影，也是黄县工农兵照相馆的作品，五个人分两排，前排坐着我与胖子张思国，后排站着郭金库、钱英豪、魏大宝。左上角印着一行字："忆往昔峥嵘岁月稠"。看着这张照片，我黯然神伤：钱英豪牺牲了；魏大宝复员后犯了伤害人命罪，判了十二年徒刑；张思国复员后在家下庄户，听说还没说上个老婆，光棍着。"郭金库运气不错，"他把话插进我的思绪里，"去年上边来了文件，说凡参加过自卫反击战立过三等功以上的都可吃国库粮并安排适当工作，郭金库立过三等功，安排在乡里专搞计划生育。"继续往下翻，翻出了钱英豪与他媳妇李翠香的结婚照，钱英豪战前全副武装的照片……最后出现了战士剧团报幕员大嘴姑娘牛丽芳的半身放大照片。这是一张艺术照。照片用的布纹纸，周围是锯齿状花边，蓬莱县工农兵照相馆的作品。照片上的牛丽芳侧着脸，睫毛翻卷，眼波流动，满腮微笑，看不到完整的大嘴，只能看到一个妩媚秀丽微微翘起的嘴角。往昔的"峥嵘岁月"稠密地在我的脑海中那块火柴盒大小的屏幕上闪现出来，那张陈旧的凄凉大嘴使我忧伤而惆怅。我合上相册，长叹一声，把牛丽芳送回了我们的"峥嵘岁月"。

河水愈涨了，几乎没了波浪，水面辽阔，浩浩荡荡，那些鸟鸥们翩翩飞舞在我们眼前。太阳略微露了一下脸，满河金光闪闪，河心那道激流处，竟是一片刺目的白光，好像炽热的钢水在流淌。雨点在阳光下，亮得如同金星星。

"你跟她是不是有一腿子？"我把自己从对牛丽芳的思念中解脱出来，故作轻松地问。

他犹豫了一下，说：

"算了，还是不告诉你吧，免得你听了难受。"

"瞎扯，我跟她无亲无故，我难受什么！"

"正因为跟她无亲无故你才难受呢。"

"别卖关子了，老实交代吧！"

"其实也没有什么，"他狡猾地一笑，说，"无非是搂搂抱抱罢了。"

"说说说，说详细点！"

"咱俩从战士剧团回黄县后，我因为食物中毒去守备区医院住过院，你还记得吧？"

"记得，你偷吃了食堂的螃蟹，上吐下泻。"

"刚好牛丽芳也在那儿住院，细菌性痢疾。我需要跑厕所,她也需要跑厕所。一见面我就说:'小牛!'——知道为什么我不叫'老牛'叫'小牛'吗?'小牛'好听亲热还证明她很小很可爱。她一咧嘴,笑了,说:'吃豆的!'我说:'你怎么啦?'她反问:'你怎么啦?'我说:'吃豆吃撑了,拉肚子。'她扑哧一笑,说:'少吃点,不知道军马场饲料紧张吗?'我说:'今后不吃了,省下黄豆喂小牛。'她说:'我才不吃那鬼东西哩!'我说:'你吃什么?'她想了想,说:'我吃青草!'我说:'对,你吃的是青草,挤出的是奶!'她说:'你真讨厌!'"

"就这样,一来二往,越混越熟。她就把照片送给我了。"他笑着说。

"你说得太简单了。"

"我怕说得太详细了会刺激你。"

"绝对不会的,说吧!"

"我说过我们俩的感情是建立在去厕所的路上的,我们的爱情过程散发着厕所的味道。尽管我已经不再拉肚子了,而且我也知道她也不拉肚子了,但我们去厕所的频率越来越高,起初是白天,后来是夜晚,医生已经让我出院我说我头晕,医生说那就再吊几瓶子盐水观察一个星期吧。你去过守备区医院没有?厕所是露天的,推开走廊东头的门，弹簧门、门外便是个生满杂草的小院，院子北边往里拐有个僻暗角落，生着一丛紫荆。那天晚上我在去厕所的路上截住她。我说站住。她说干什么？我说下星期我就要出院了。她说你出院不出院与我有什么关系。我说这一分开怕是再也见不到你了。她说见不到有什么关系。我说你没关系我可很有关系。她说你跟我没有关系。我说有关系因为我早就爱上了你。她说呸好一个贼大胆儿的新兵蛋子！我说你去黄县慰问新兵演出时我们几十个新兵就集体爱上了你，我是他们推选出来的代表。这个集体的爱你接受也得接受不接受也得接受。我一瞪眼往前逼进了一步。她一瞪眼往后退了一步她说：你想干什么？我说我想代表我的战友们亲亲你。她满脸通红我又进逼一步。她抡圆胳膊响亮地扇了我一个耳光这耳光扇在我耳朵根子上扇得我耳朵里嗡嗡直响眼睛里冒火花她一侧身就跑了。这时候东南风把厕所里的臭味刮过来，真臭。我想我不能白白地挨这一耳刮子，我就不信亲不了她的嘴，当天夜里我没再跑厕所。第二天白天碰到她，她板着脸故意不理我。我笑嘻嘻地说小牛姐姐你好狠的心肠！《三大纪律八项注意》里说'第五不许打人和骂人军阀作风坚决克服掉'这是毛主席说的，你打人犯了纪律我要到你们单位找你们领导告你的状。我知道我一叫'小牛姐姐'她心里保准甜滋滋的，果然她咧着嘴一笑说你还告我我不告你就算饶了你一条小命！《三大纪律八项注意》第七条说'不准调戏妇女们'你还记不记得？我说我没调戏妇女呀我只不过要代表我的战友们吻你一下你就下狠心扇我，你扇我一个人等于扇了几十个阶级兄弟你不对！她说你甭跟我油嘴滑舌没有那么便宜的事！你这样的新兵蛋子我见多了！我说小牛姐姐这就是你的不对了。吻你一下也吻不掉你一块肉怕什么？她说你跟那个吃豆的小子不是背地里嘲笑我大嘴巴吗？为什么还要吻我？我说我们喜欢的就是你这张大嘴巴，俗话说嘴有多大福有多大！她说那个吃豆的小子也爱我吗？我说我们三百个新兵里数他迷你迷得厉害，那可真叫吃不下饭睡不着觉差不多得了相思病。她说我没工夫听你啰唆找那些小嘴巴去吧！我说我们才不理那些小嘴巴呢。小嘴巴女人心胸狭窄目光短浅一生气把小嘴一噘跟个鸡腚眼儿差不多。她说我不听你说了。我说小牛姐姐开开恩吧可怜可怜我们这些当兵的今天晚上我们再相会。她一转身走了。晚上我就到那个小院里去等。满天星斗。海潮声哗啦啦很远梦一样响着。守备区在大操场放露天电影战士们在拉歌子六连来一个通讯连来一个啪啪啪拍巴掌轻病号都拎着马扎子看电影去了。这里也不住重病号。病房里很空。我去了瞧瞧没见牛丽芳,一个人又跑回来在那儿等着也许真是傻等。这时候一分钟长过一小时,想她来又怕她来这种等待要消耗大量热能这种等待是幸福的等待。皮鞋跟儿嗒嗒嗒在走廊上响起还哼着小曲儿是她来了?是她来了有门儿她是赴约来了。弹簧门响嘎吱吱。她哼着'洪湖水呀浪呀么浪打浪呀'对了那晚上的电影是《洪湖赤卫队》粉碎'四人帮'后刚解放了的老片子。她四处张望着找我我的心突突突跳得我快要牺牲了。我说小牛姐姐你让我好等你再不来我就要死了。她说你死了怨我还要我偿命不成?我说我死了也是轻如鸿毛我死了变成鬼也要去找你——真成了鬼其实也没法子去找她了——她说你别吓唬我了我从小就怕鬼。我说好姐姐求求你让我代表我的战友们亲你一下吧就一下就亲一点点一丁点点……我像团火滚上去笨拙地搂住了她的腰她的腰很细我用上蛮劲一搂她伸出手抓我我把嘴凑上去找她的嘴她竟然没有躲闪还有点迎上来的意思说时迟那时快一阵尖锐的痛楚在我嘴唇上爆发了。你以为她咬我了不是,她紧绷着嘴根本没咬我这家伙用门牙紧咬着两颗大头针自然是尖儿朝外。我说张铁生头上长角身上长刺你伙计嘴上长刺。她得意地笑起来。她的笑煽动着我又一次搂住她，用一只胳膊搂住腾出一只手抓住她的，她把腰使劲弯下去弯不下去了吐了大头针低声叫唤着你别这样别这样别被人撞见……我也怕被人撞见呢我抱起她她个子高你知道腿拖着地我放下她抱住她的大腿她用脚踢着我两只胳膊却紧紧地搂住我的头她的乳房压在我的鼻子上，我跌跌撞撞地把她抱到那个生长着冬青树的僻静的角落里，行喽这里安全谁也不会过来不用怕被人看到了。我又去摸她的胸，两只手都伸了进去她根本没戴什么'驴遮眼儿'当然更没塞什么棉花之类的。我的判断纯属胡说八道。它们像咱老家的白面馒头一样货真价实硬邦邦的但很有弹性凉凉的因为夜晚的海风轻轻吹拂凉森森的她只穿着一件白衬衣把它们冻凉了。她把脑袋晃动得像拨浪鼓一样。哎呀哎呀我受不了啦，她猛扑到我身上周身发烧像火炭一样张开那大嘴巴喷吐着甜丝丝儿的发面馒头味道来找我了。她的肥嘟嘟的嘴唇像密不透风的橡胶圈一样紧紧地包住了我的嘴吮着吸着啃着咬着我的嘴唇。被大头针刺破的地方汨汨地流出血来我尝到我的血又苦又咸她从头到脚都在颤抖着我积极反攻用我的嘴唇去包围她的嘴太大了包围不过来我只好噆住她嘴唇的中部我一噆她就哼哼唧唧地叫唤。后来我拱开她的嘴唇启开她的牙齿把她的舌头吸出来像吃海螺肉一样她的舌头也是肥嘟嘟的跟海螺肉的味道基本差不多她把身体使劲挺着哎哟哟地唤着我们俩交换着唾液交换着呼吸交换着……行喽往下我就不说了……她说她从来不知道接吻是这样的激动人心行喽我不再往下说了……"

他端起缸子，呷了一口残酒，双眼放着光，脸上爆着锈屑，像刚从炉中提出来的一块等待锻打的熟铁。

"便宜都让你这个小子占了！"我满怀醋意地说。

他抓起那只烧鸡头嚼着，骨头渣子掉到河水中，引得河中群鱼泼剌剌跳跃。他真诚地说：

"事后想起你，我感到很内疚，但人家都说爱情是自私的对不对？"

我捅他一拳，说：

"你小子，为什么不跟她结婚去？"

"我想跟她结婚，她能跟我结吗？我原想在南边打成个英雄回来跟李翠香吹了，就去找她。"他苦笑着说。

"她知不知道你牺牲了？"

"嗨，别天真啦！"他忧悒地说，"你以为她还会记着我一个农村兵？再说我也不是英雄。我要像李成文那样，开战第一天就舍身炸个暗堡，电台广播，报纸登照片，她也许会触景生情，想起跟我还有那么一段故事。"

"说到底你是运气不好,"我说,"你死得挺窝囊。"

"这样也好,"他说,"要是我真成了英雄,那不很荒唐吗?我干了多少坏事呀!要是我成了活着的英雄,回守备区演讲,正碰上牛丽芳,那就热闹了。哪有英雄在住院期间闹恋爱的?"

我说:"也许英雄里边也有在没成英雄前做过荒唐事的。"

他说:"不提旧事了,死都死了十几年,还后悔什么呢。"

我端起搪瓷缸,说:

"让我们为牛丽芳干完杯中酒吧!"

他说:"好,干!"

我们吃完了面包、香肠。他把酒瓶子塞到树冠里,提起塑料布,把上边的食物渣滓抖到河里,大群的鱼儿吱吱鸣叫着围拢过来。有白鳝有鲇鱼有鲤鱼有草鱼还有一只大如团扇的老鳖。他突然问我:

"想不想钓鱼?"

"想啊,有钓竿吗?"

十

两个少年手持钓竿向河边跑。天上下着毛毛细雨,胡同里满是泥泞,一些被雨水灌出来的白颈蚯蚓在泥泞中笨拙地蠕动着。那时我们读五年级,我十二岁。钱英豪十三岁。

看到蚯蚓,我停住脚,喊:

"钱英豪,咱们还没有鱼饵呢。"

他说:"噢,我忘了。"

我说:"这儿有条大蚯蚓。"

他走回来,看了一眼,转过头去吐着唾沫说:

"我最恶心白脖蚯蚓了。被它咬了要得麻风病。"

我说:"白脖子蚯蚓气味大,鱼愿意吃。"

"你把它们逮起来吧。"他说。

我从篱笆上掐了一片扁豆叶将白脖蚯蚓捏起来,它在我手里扭动着。钱英豪看了一眼,竟捏着脖子干呕起来。

我问:"你怎么啦?"

他摆摆手,擦擦眼泪说:

"我怕白脖蚯蚓,你快把它弄死。"

我找了一块碎玻璃,把蚯蚓切成几段。它流出一些绿色的血和黄色的泥浆。

河里只有半槽水,中流处漂着一些黄色的泡沫,我们选择了一处生着茂密荻草的地方蹲下来,河堤在这儿拐了一个弯,形成了一片静水,白鳝和鲇鱼最喜欢在静水里找食吃了。

我们把缠在钓竿上的尼龙线放下来,尼龙线弯曲着,抻不直,钱英豪说不要紧尼龙线是水线,放到水里自然就直了,他说赵金你把鱼饵挂上吧,我怕白脖蚯蚓。我帮他挂好鱼饵,自己也挂好鱼饵,我们把鱼钩和尼龙线慢慢地顺到水下去。水面上立即漂起两个用麦秸草捆扎成的浮子。这时河堤上传来两声汪汪狗叫。我们回头,看到钱英豪家的黑狗"巴鲁"摇着尾巴对我们呜叫。"巴鲁"全身黑油油,只有双眼上方各有一撮焦黄的毛。钱英豪抬手对着"巴鲁"一招,说:

"'巴鲁'过来!"

"巴鲁"钻开荻草,小心翼翼地来到我们身边,摇动着尾巴,把荻草碰得嚓啦嚓啦响,还对着面前奔腾的河水呜呜叫。钱英豪拍拍它的头,说:

"趴下,别叫!你一叫鱼就不上钩了。"

"巴鲁"顺从地趴在钱英豪身边,双腿前伸,脑袋搁在前腿上,明亮的眼睛盯着河水出神。

细雨如烟,河上一片朦胧。浮子在水面上呆呆地漂着,没有鱼儿咬钩。一只瘦弱的癞蛤蟆从湍急的河面上困难地泅渡过来,进入我们面前的静水区域,它舒展地用前肢划水后脚蹬水夹水,在平静的水面上留下一道宽宽的波纹,波及我们的浮子。"巴鲁"颈上的毛滚动着,呜呜地低鸣起来。钱英豪按着它的头说:

"'巴鲁'听话,别叫,一只癞蛤蟆,别理睬它。"

"巴鲁"安静了。癞蛤蟆终于登了陆,爬到紧傍着河水的荻草丛中,瞪着眼喘息。一只大肚子蝈蝈,在我们身旁的荻草中清脆地鸣叫起来。观察了好久,我们终于从它的抖动的触须发现了它。我起身要去捕捉它时,钱英豪说:

"别动,鱼儿听到蝈蝈叫,以为没有危险,就会来咬钩了。"

我说:"别瞎扯了,鱼又没长耳朵,怎么能听到蝈蝈叫。"

他说:"你怎么知道鱼没有长耳朵呢?"

我说:"我看到鱼没长耳朵!"

他说:"鱼的耳朵在嘴巴里含着,需要听动静时就吐出来,不需要听动静时就含着。"

我问:"你看到过吗?"

他说:"我没有那么大的福气,俺爹说谁要能看到鱼把耳朵从嘴里吐出来就有大福气。"

我说:"你爹就会编谎话诓小孩。"

他说:"你信就信,不信就拉倒。"

那只休息过来的癞蛤蟆闷声闷气地叫起来。它的额角上鼓动着两个乳白色的透明气囊,一收一缩的,十分好看。

"巴鲁"忽地站起来,脖子上的毛像浪潮一样滚动着,对着河面,低沉地嘶鸣。

漂在水面上的浮子活动起来,先是我那根鱼竿的浮子动,紧接着钱英豪那根鱼竿的浮子也动,我抬手要起竿,被钱英豪制止了,他低声说:

"鱼在试探,别急,等它把浮子全扯下去时再起竿。"

浮子轻轻地点动着,鱼儿果然很狡猾。我正暗暗佩服钱英豪的钓鱼经验时,水面上的两个浮子几乎同时被猛然拽入水中。钱英豪大喊一声:

"起竿!"

我把早就悄悄攥在手里的鱼竿猛地扬起来往后一甩,水线铮然一响,一道水光一个黄色的东西从我们头上滑过去沉重地摔在了河堤上。

钱英豪甩竿时,钓竿啪一声断了。他抓住半截断竿,把钓线扯出水面。我看到一条像胳膊那么粗的银灰色大白鳝悬在水面上扑棱棱地扭动着,并发出唧唧咕咕的叫声。钱英豪把断竿一甩,大白鳝豁腮脱钩,生动活泼地落在那只癞蛤蟆身旁,一直咆哮着蹦跳着的"巴鲁"居高临下地扑下去。它立功心切,一头扎到河里。那只肉滚滚的大白鳝早已跳回水中,翻了一个水花,随即无影无踪。

"巴鲁"从水中跳上来,狼狈地抖动着把身体上的污水抖出去。

我们跳到河堤上,看到我钓钩上挂着一条黄色的大嘴鲇鱼。它正在河堤上愤怒而绝望地跳动着。余怒未消的"巴鲁"扑上去,一口就把它给咬死了。

我把鱼钩从鲇鱼肚子里撕出来。

钱英豪郁郁不乐。

我说:"英豪,咱再钓。这条鲇鱼归咱俩。"

他说:"真可惜了一条大白鳝!这家伙劲真大,一定是条白鳝精。"

我们折了一根柳条,穿住鲇鱼的腮,把它又摔了几下,然后放在荻棵子里。

他接好钓鱼竿,说:

"帮我挂上鱼饵,不信钓不上来它!"

我帮他挂上蛐蟮。

我们把鱼竿插在脚下的泥土里。一切又复归安静。毛毛雨已把我们的头发淋得湿漉漉的,小褂子的后背也湿透了。有些冷。"巴鲁"站在我们身边打哆嗦。钱英豪拍拍它的头,说:

"'巴鲁',回家去吧!"

"巴鲁"不情愿地走上河堤,耷拉着湿漉漉的尾巴,颠颠地跑了。

钱英豪说:"你知道咱这条河的河王是什么吗?"

我问:"什么'河王'?"

他说:"每条河里都有一个大王。"

"咱胶河里的大王是谁?"

"是一条大白鳝。"他神秘地说,"俺爹说那条大白鳝比水桶还粗,比扁担还长,能变化成一个白衣书生到岸上作孽。"

"作什么孽?"

"那我就不知道了,"他说,"反正是作孽。"

我突然感到脊梁骨酥酥地发了凉,眼前的河水里,好像随时都会跳出来一个白衣书生,把我们拽到河里去淹死。

"你知道运粮河的河王是谁?"他问我。

我紧紧地盯着他的眼睛,双手下意识地抓住了身边的荻草。

"运粮河的河王是条青色的大鲤鱼。"他说,"你能猜出它有多大吗?"

我恐惧地摇摇头。

他说:"俺爹说有一年大水落后,一个老头在运粮河边的淤泥里捡到了一片大鲤鱼鳞,你猜不出那片鳞有多么大——像十印锅的锅盖那么大!一片鳞就那么大,你想想那条鱼究竟有多么大?"

我吃惊地吐出了舌头。

"运粮河里精怪可多哩!"他说,"俺爹说宋朝时皇帝让包黑子监工修运粮河,修南决北,修北决南,气得包黑子铸了十二盘铜铡扔到河里。河水像开了锅一样翻腾起来,一股股血水翻上来,最后满河的水都被染红了,那些个鱼精、鳖精、蟹子精的尸体都一段段地漂上来,隔着几十里都能闻到腥臭味。后来,从河里上来一个穿青布衫的蓝胡子老头,见了包黑子,双手抱拳打了一个躬,说包大人,俺服了,再也不和您老人家对抗了,请您快下道命令,让那些铜铡别铡了,再铡俺就剩下光杆司令了。包黑子说你真服了？老头说真服了。包黑子说你口服还是心服？老头说俺心服了。包黑子说你的口还不服？老头忙说服服服，口服心也服了，求包大人快下令吧。包黑子说不铡你们个血流成河你们就不知道俺老包的厉害，俺老包也不是盏省油的灯。妖精老头忙说不省油不省油包大人费油着呢。包黑子被妖精一奉承，恣得咧嘴笑了，笑完了，下命令：王朝马汉，吩咐人把铜铡捞上来吧！"

"你净瞎编糊弄我。"我说。

"是俺爹告诉我的！"他说，"俺爹参加过孟良崮战役，还打过开封府，还参加过抗美援朝，别人能瞎说，俺爹能瞎说吗？"

他爹有那么光荣的历史，当然不能瞎说了。那么，这神秘的河水中就一定隐藏着比水桶还粗的白鳝王，还有鲤鱼精、鲇鱼怪、鳖精、蟹妖、虾精、还有什么淹死鬼、勾死鬼……想到此不由我浑身发紧，头皮一炸一炸的。看那河水时，处处都显得古怪。那朵顺流而下的葵花，该不是鳖精变成诱惑小孩子的？远处那一簇响亮的白浪花，谁又能保证不是白鳝精喷吐的泡沫？还有那一个个忽而出现忽而消逝的大漩涡，一定是蟹子精用它的大钳子搅动出来的。我仿佛看到水中有无数只阴冷的妖怪眼睛，正在盯着我们，仿佛它们随时都会蹿出水面，或者像癞蛤蟆那样慢慢地、悄悄地爬上来，然后把我们拉下水去，吃掉我们，让我们也变成整日在水中游荡的淹死鬼……

"钱英豪，我……我不想钓了……"我站起来。

"别急，"他按住我，说，"你听，'棍裬'出来了。"

"什么'棍裬'呀？"

"你听！"

在荻草丛的西边是一道为减缓河水对沙堤的冲刷而修筑的"土龙"，它上端与河堤相接，下端延伸到河水中去。"土龙"上生长着紫穗槐和一簇簇的柽柳。"土龙"的右侧，是一大片死水。死水里生满荻草、柳棵子，从那里传来两只小蛤蟆一呼一应的响亮而潮湿的鸣叫：

"龟儿——呱儿——龟儿——呱儿——"

这是一种很少见的蛤蟆，只有成人拇指那么大，粉红色的肚皮，粉红色的嘴巴，每年只有在大雨连绵之后才出现，天一放晴，就再也见不到它们的踪影，听不到它们的叫声了。

"你知道它们是什么变的吗？"钱英豪神秘地问。

"不知道。"我颤抖着说。

"是两个大闺女变的。"他说,"俺爹说从前有两个大闺女下河去洗衣裳,光顾了泼水嬉戏,让水把褂子和棒槌冲跑了。她俩下河去捞,双双淹死,变成了一对小蛤蟆,一个叫棍(棒槌),一个叫褂。"

"那小蛤蟆是不是有公有母呢?"我问,"要不它们怎么能繁殖呢?"

"那我就不知道了,"他说,"反正俺爹说这种小蛤蟆是两个大闺女变的。"

河上起了一阵风,寒气侵人。背后的荻草刷啦啦一阵响,"巴鲁"从荻草中钻了出来,挤在我们之间。

"你说我们俩淹死后会变成什么?"他突然问我,眼睛里闪烁着绿幽幽的火花。

我本能地抓紧了荻草,说:

"不知道……我不知道……"

"我想我们应该变成两个黑色的小人鱼,每当河里涨大水时,我们就站在水面上唱歌……"

"唱什么歌?"

"一九三七年哪,鬼子进了中原,先占了卢沟桥后占了山海关,火车道修到了俺们济南……"

这时河中翻起一阵大水花,一个绿油油的、圆溜溜的东西在水花中翻滚着。

我怪叫一声,手抓脚刨上了河堤,顾不得那条钓上来的鲇鱼,顾不上钓鱼竿,顾不上钱英豪和"巴鲁",更顾不上脚下是泥还是水,逃命似的窜回家去。

事后,钱英豪带着"巴鲁"把鱼竿和鲇鱼送到我家,并且告诉我,那个在水中翻滚的怪物,其实是个大西瓜。他说他跳下水去把西瓜捞上来,当场用拳头敲开,挖了点红瓤一尝,一股酸臭气,在水里泡久了,坏了。

十一

钱英豪沉入树冠中,拿上来两根可以伸缩的高级钓鱼竿,我抚摸着鱼竿顶端那个镀镍的晶亮滑轮,惊奇地问:"这么高级的东西,你从哪儿搞来的?"

他诡秘地一笑,说:

"那你就别管了,反正不是去商店里偷的。"

我说:"你不告诉我我就不钓了。"

他说:"你这伙计,真是难缠,什么事都要刨出根来。"

我说:"要不怎么能长知识呢!"

"屁的知识！"他笑着说，"告诉你吧，这两根鱼竿，一根是吴副市长的，一根是马县长的。他们每个星期天都坐着轿车，带着随从，到这棵树下来钓鱼，吵得我不得安宁，我就施了点小法术，把他们吓跑了！"他狡猾地笑着说，"这鱼竿就成了战利品，我还从来没用过呢。"

"你这伙计，做了鬼也不安分。"

"这就叫'江山易改，本性难移'！"他得意地笑起来。

我们把钓竿准备好，才发现没有鱼饵。

"去挖蛐蟮吧！"我说。

他说："这条河里的鱼都学鬼了，它们再也不吃蛐蟮了。"

"那用什么？"

他扯起一根沉浸在河水中的柳条，从上边撕下两颗紫红色的叶瘤，剥开，捏出两只白色的小虫子，挂在我的和他的鱼钩上。

我们把鱼钩甩到水里，并肩而坐，注视着水面上的用胶木刻成的浮子。我递给他一支烟，自己也点燃一支。他的鼻孔里又喷出烟柱，但力道微弱，因为我看到他的耳朵里、头发里、脖子上、腮帮上都有缕缕青烟钻出，减弱了鼻腔的烟柱。

我注视着浮子，渐渐地竟看到了浮子下悬着的钓线，钓线笔直地垂下去，挂着白虫的鱼钩在距离水底半米处微微地抖动着。这里的水底并不是真正的河底，而是枯水时的河滩，当时潮湿地生长着的红梗糁、紫叶薇菜、三棱蓑衣草现在都在水底摇动着，水底的缓慢潜流把它们忽而推向南，忽而拉向北，忽而拥向西，忽而扯向东。水中的细沙缓慢地在水底积淀，也积淀在它们的茎叶上。超过它们往前望过去，便渐渐展开了河底一股股的旋转着、流动着、沉淀着的亮晶晶沙土。水分成了起码三个层次也起码表现出三种泾渭分明的颜色。只有几只粉红色的线虫把身体缠在水草茎上并随着水草的摆动而摇曳。却没有一条鱼的踪影。没有白鳝没有鲤鱼没有鲫鱼没有老鳖什么鱼也没。适才我们吃鸡时那些跳跃出水面争食鸡骨头的大鱼小鱼们哪里去了？我抬起头，困惑不解地看着钱英豪。缕缕青烟从他的头颅和脖颈上的数十个缝隙里小蛇一样钻出来。这情景令我惊愕但随即又归于平淡无奇，对待钱英豪这种奇人自然不能以常理论之。他从哪里往外喷吐烟雾是次要的，河底没有了鱼的踪影是主要的。因为当前我们的首要任务是钓鱼。鱼到哪里去了？

他又用上了他的特技把烟蒂四分五裂地吐到河里，网络状的过滤嘴和烟纸漂浮在水面，那些饱含着尼古丁的烟丝则丝丝下沉，一直沉落在水草的茎上、叶上。鱼呢？鱼到哪里去了？

他响亮地咳了一声，随即把一口痰吐到河里。干痂的痰块宛若炸弹的碎片在水面上打出一圈美丽的涟漪。他突然地用压抑着的嗓门说：

"看，快看，它们来了！"

我的视线在他那根红锈斑斑的食指的指引下，超过水草，再越浅滩，停止在河中心那个水深如潭的大漩涡之下。水在那儿像车轮一样旋转，周围的水都给它让开了道路。两点碧绿的颜色从那漩涡中甩出来，一条像丰满少妇胳膊一样的白鳝鱼在河水中小心翼翼地对着我们的树冠游来。由它带头，那些与它同样粗的白鳝和比它细不了多少的白鳝们，像一团银光闪闪的水底灰云，从那漩涡中拥拥挤挤旋出来，在广大无边的河床上紧密团簇着快速游动。它们的群体游动极像群鸽在蓝天上盘旋飞行，忽行忽止、忽进忽退，进退自如、毫无凝滞感与停顿感，其动作的巧妙、行动的统一，达到如此的程度令我叹为观止。它们的游动似乎无法停止，久久跟踪它们，我的眼睛感觉到很疲倦，便转移目光，去搜索别的鱼儿。在我们所坐树冠的周围，那些被水淹没的紫穗槐丛中，奇迹般地包围上来数百条鱼，有鲤、鲇、鲫、草，颜色各异，大小不一。还有一只笨拙的青盖大鳖，把身体半埋在泥沙里，瞪着两只秤星般的鳖眼，死死地瞅着我。那些鱼们在那些青绿的灌木枝条中极其缓慢地游动着，眼珠子都睁得溜圆，好像在等待着什么。我猛然意识到：鱼把我们包围了！一阵从没有过的恐慌攫住了我的心。在亚热带密林中我们包围越南的乱七八糟破烂部队，在故乡的河流边故乡的树冠上乱七八糟的鱼部队包围了我们。白鳝鱼还在进行令我眼花缭乱的游泳表演，杂色鱼们还在灌木丛中、水草旁边隐蔽着、潜伏着。它们身上的颜色与周围的环境协调一致，好像都穿着迷彩服，仿佛是一些行踪诡秘的特工。

据传说，鱼是能够吃人的，并不是指海里的鲨鱼，而是指河流湖泊中的淡水鱼。传说总归是传说，姑妄言之、姑妄听之，但今天，传说似乎要变成现实了。

我相信钱英豪肯定也发现了鱼类布下的包围圈，他头脑灵活，有军事天才，少年时期就对鱼类的习性深有研究，还乡后又坐在河边的树冠上日日观察，他对鱼们的阴谋应当洞若观火，有他在我似乎可以稍微放宽心。这时，我感觉到他用冰凉的手指戳了一下我的腰，与此同时，他的散发着腐臭味道的嘴巴也贴到我的耳朵旁，他说：

"注意看那条大白鳝！"

他的话音刚落，腐臭味尚未彻底消散，那群飞行着的白鳝便停止游动：齐集在离我们的树冠不远处的水下，千绳万扣般滋滋钻动着，最后盘结成一个宝塔形状，它们的头一律朝外朝上翘着，煞是好看也煞是骇人。它们盘成宝塔的速度极快，大小好像一群久经训练的士兵，当然它们绝对不是士兵，它们更像一群训练有素的杂技演员。大白鳝在最下层，小白鳝在最上层。塔上那只小白鳝只有铅笔杆粗细铅笔杆长短，可能是因为小的缘故它的颜色几乎是黑的，它三分像白鳝，七分更像一条骄傲的小蛇。毫无疑问，这个小东西是这个白鳝家族中的宠儿，比十世单传的独生儿子还要珍贵。看着这鳝鱼们的宝塔，我愈发感到人的悲哀和渺小。神奇的动物界究竟还有多少我们闻所未闻见所未见的奇景，恐怕永远是天文数字。

那条大白鳝没有编入宝塔，在鳝群编织宝塔的过程中，它围绕着群体傲慢地游动，宛若一个威严的指挥官，趾高气扬地视察着自己的团队。宝塔编成后，它停止游动、弯曲着尾巴，将身体斜斜地立起来，张开了嘴巴——

钱英豪又戳我一下,说:"鱼的耳朵!"

它张开嘴巴,像年迈的老人吐痰一样,将身体用力弓着,两朵乳白色的状如蝴蝶的薄膜,从它大张开的嘴巴里缓慢地膨胀出来。宝塔上那些翘起的鳝头都频频点动着,令我眼花缭乱。就这样过去了约有半袋烟功夫,那大白鳝嘴里吐出的薄膜清脆地响了两声,随即破裂了,那些破裂的薄膜在水中轻飘飘地浮游着。与此同时,那群鳝构成的宝塔突然解体,塔顶那条黑色的小鳝疯狂地吞食着那些薄膜,好像在通过这种方式继承老鳝的衣钵。那条吐出耳朵的老鳝已经翻转了肚皮沉在了河底的泥沙中。群鳝环游,像一个团团旋转的银灰色圆圈——一个鱼的圆环——把黑色的小白鳝和死去的大白鳝围绕在中央,小白鳝贪婪地把那些薄膜状的东西吞食干净,然后开始啄那条死鳝的肚皮。这无疑是一个信号,因为只啄了一下小鳝便翩游上去。群鳝凶猛地扑向死鳝,啄得那死鳝翻来滚去,河底腾起一股黄沙。群鳝争食时发出的唧唧呜叫穿透河水,扩散到水雾迷漫的河面上,那条胳膊粗的死鳝,转眼间便成了一根白骨。群鳝结成集体,簇拥着那条小鳝,飞一样游走了。而这时,适才那个从石桥上跌入河水的少校,已经沿着河底,滑行到树冠前的平坦河床上。

他仰面朝天,头东脚西,缓缓滑来。水把他的军裤直褪到他的大腿根,裸露出两条生满茂密黑毛的小腿。他丢了鞋子,两只被水泡得发了白的脚直直地上翘着,显得既狼狈又可笑。军衣下摆像宽阔的水底植物叶片,不时地翻卷起来又不时地舒展开。他的军衣翻卷上去时,我看到他的肚子上有块圆形的疤痕,明显的枪伤,竟如我肚子上的疤痕一模一样。我运气好,中的是冲锋枪子弹不是高射机枪子弹,肠子脱出一米多长,塞进去,用手捂着,滑溜溜像白鳝鱼一样从手指缝里往外钻,再塞进去到了山顶,我以为要死了,模模糊糊地看到钱英豪、罗二虎他们在前边朝我招手。我正想过去,卫生员把我背走了。我命大没有死。他的脸色苍白,凌乱的头发里沾着几棵碧绿的水草。他滑到树冠前,眼睛竟被水流激开,在透澈的水中,我看着他就像我对着镜子看到了我自己一样。

那些迷彩在灌木丛中的杂鱼们突然疯了一样奔涌而出,大张着嘴巴向水中的少校冲撞过去。一只牙齿尖锐、双眼血红的狗鱼一口咬住了少校的鼻子。我的鼻子一阵酸痛,眼前晃动着狗鱼阴鸷的眼睛和群鱼激起的污泥浊水,水模糊了我的双眼……

"伙计、伙计！"钱英豪在我耳边高叫着，"你是不是喝醉了？"

我揉揉依然酸痛的鼻子，说：

"我没喝醉，半瓶茅台休想醉我。有一种'地雷'牌白酒，劲头特大，我喝了一罐都没醉！"

他狡猾地笑着说：

"没醉就好，别忘了我们是在钓鱼啊！"

我低头看看那亮晶晶的鱼竿和漂在水面纹丝不动的浮子。浮子纹丝不动，说明根本没有鱼儿咬钩。河面上的水汽愈加浓重起来，那些不知疲倦的鸥鸟依然在河面上来回穿梭般地飞翔，半天光景了，没看到它们从水中擒上来哪怕是麦穗大的一条小鱼儿。

"这河里多半是没有鱼了。"我说。

"放心吧，有水就有鱼，鱼过千重网，网网都有鱼。"他满怀信心地说。

"那为什么半天还没有咬钩的？"

"哎，不是咬钩了吗？"

我把竿上的摇柄摇动起来，钓线笔直，渐渐离水。钓钩上竟然悬挂着一只巴掌大的小鳖。它悬在空中四肢乱蹬的样子十分好笑。

"钓鱼钓上来一只鳖，主何吉凶？"我问。

他把小鳖从钩上摘下来,又从解放鞋上解下一根鞋带,绑住它一条腿,拴在一根树杈上。

他说:"大吉大利!大吉大利!你知道这玩意儿卖到多少钱一斤吗?"

我说:"听说非常贵,一般百姓吃不起。"

"郭金库说三十元钱才能买一只碗口大的鳖。"

"你见过他?"

"这伙计这几天老到这边来,今早晨还夹着根钓竿,弄了个小蛤蟆做饵,想钓只鳖给他老婆治病哩。"

"钓到没有?"

"钓到个屁!"他说,"干这个他是绝对的外行。钓鳖要用那种绿背红肚皮的燕子蛤蟆做饵,他倒省事,找了只小癞蛤蟆滥竽充数,钓鳖?让鳖钓他吧!"

"燕子蛤蟆什么样我还没见过呢。"

"我也没见过,"他说,"俺爹说这玩意儿要到百年老树的洞里去找,我猜想大概是一种树蛙吧。找到燕子蛤蟆,就不愁钓不到鳖。"

"咱没用燕子蛤蟆不也把鳖钓上来了吗?"

"一是咱俩运气好,"他笑着说,"二是这鳖倒霉。"

"郭金库还那样吗?"

"不,从前年开始穿衣戴帽,讲究多了,"他指着从通往乡政府的泥泞道路上走过来的一个人说,"你看,那小子来了。"

十二

八七年春节前逢我们乡政府所在地集市。那一天上午九点半左右,我正在集上买香油,有一个人从背后一把叉住我的脖子大吼一声:

"哪里逃!"

我仓皇回头一看原来是郭金库。他穿着一身破旧军装歪戴着一顶破军帽。当时部队已经换装连帽徽领章也都换了,可他却在破军帽上缀着一颗鲜红的五角星,衣领上用白线缀着红领章。与眼前的钱英豪一样的打扮。他们俩一个牺牲了一个复员了但依然生活在对军营生活的回忆当中。

他叉着我的脖子不松手。这小子手上的劲儿贼大很难挣脱。我说郭金库你这个二杆子胡闹什么松手松手让人家看着这算干什么的。

集上的人都认识我们,笑着说郭金库这个杂牌军捉住了一个正规军。

他松开我,瞪着眼说:

"谁说的谁说的谁敢说老子是杂牌军？老子'一颗红星头上戴，革命的红旗挂两边'，谁是杂牌军？"

我揉着脖子说：

"伙计，行了，别在这儿胡闹了。告诉我你现在干什么？"

"不行，"他梗着脖子说，"你必须说清楚，到底谁是杂牌军？"

"我是杂牌军，"我笑着说，"我是杂牌军行了吧？"

"这还差不多，"他缓了一口气，说，"我在乡武装部当临时工，专门负责擦拭武器，这是咱们的专长。"他自嘲地说，"你小子当了军官，有了钱，今天中午请我喝酒，否则我跟你刺刀见红。"

"不就是喝酒吗？"我说，"你说吧，到哪里去喝？"

"你家里条件差，我知道。"他沮丧地说，"我家里条件比你家还差你不知道。你混好了，把穷弟兄忘记了，回来也不到我家去。贵人不踏贱地对不对？"他的情绪又莫名其妙地昂扬起来，挥舞着胳膊说，"喝完了酒你必须到我家去看看，这是命令，军令如山，你的明白？"

"是，我的明白。"我环顾四周，看着那些好奇的目光,低声说,"你前头带路,咱别在这儿出洋相了。"

"马上就要过春节了,大院里的干部都下乡忙着慰问老干部去了,"他跛着一条腿,领着我往乡政府大院走,"大院里空落落的,什么慰问老干部,纯粹是下去喝酒了"。

他从腰里摸出钥匙拧开锁,推开门,双手夸张地一伸,说:

"请。"

我看了看办公室里的情况,说:

"条件不错吗!"

"不错个鸟!"他说,"地方上的事,全是胡扯淡。麻子部长一天三喝,喝醉了三天醒不过来。这儿是老子当家。请坐。请坐。请喝茶,没有。喝尿?有!部长的啤酒瓶子里全是尿。他自己也分辨不清,有时候把自己的尿当啤酒灌了,还说味道鲜美泡沫丰富,哈哈哈哈,真他妈'大肉丸子不放盐——荤淡一团'。坐,哥们,请坐。"

他抄起电话机,老式的。吱吱吱吱一阵猛摇,然后高声大嗓地喊:

"总机吗?我是武装部,你给我速要粮管所饭店。粮管所饭店吗?是我,武装部枪械保管郭金库。今天中午十一时三十五分请准备如下菜肴：猪肝一盘，猪肚一盘，猪心一盘，猪耳朵一盘，统统凉拌，少加酱油，多加大蒜。炸鱼一盘，煎虾一盘，芫荽炒牛肉一盘，芹芽炒肉丝一盘，冻豆腐乌子汤一大海碗，外带三鲜水饺一斤。多包上点馅子别糊弄人还要一把蒜瓣两斤地雷酒。你记下别忘了。今天不赊，吃完喝完就算账。你知道来的人是谁？老战友，我们俩在枪林弹雨里并肩作过战！你小心点，菜要足量，酒别掺水，糊弄解放军伤天害理瞎只眼！当心我一怒之下把你的饭店平了！好啦，吩咐手下快点办，军人作风就是快刀斩乱麻不许磨磨蹭蹭！"

"郭金库啊郭金库，"我半开玩笑半认真地说，"你小子今日要宰我呵！要那么多菜半个班都够吃了我一个连职小军官家里上有老下有小可全靠我养活。"

"我操，"他鄙视地说，"瞧你那点出息。咱一块入伍，一块参战，你成了军官我什么都不是，难道不该你请我吃一顿？真是越有钱越抠门儿。"

"我的肠子都打出来了，差点送了命。熬这么个小军官容易吗！"我愤怒地说。

"我的耳朵都被炮弹震聋了，一天到晚嗡嗡响。嘴巴也被燃烧弹烧坏了，"他指指自己满是白色花纹的嘴巴,说,"可等待老子的是什么?复员!修理地球!真是他娘的人间不平啊!"

"你说耳朵震聋了也就罢了,反正你听得见硬说听不见谁也拿你没法子,"我说,"可你这嘴没入伍前就这样,怎么能说是被燃烧弹烧坏了呢?哪有那么巧的事?燃烧弹专门烧你的嘴?怪不得你外号'花嘴',可真会花言巧语。"

他的脸涨得通红,怒道:

"老子的嘴就是被燃烧弹烧的,不是烧的也是烤的!"

看到他动了怒,我忙说:

"行喽,老伙计,别吵吵了,你的嘴是被燃烧弹烧的,行了吧?说点正经的吧,你这几年怎么样?咱那几个与你一块回来的伙计怎么样?"

他的脸上立刻愁云漫漫,围绕着嘴巴的那几十道纵向的皱纹显得更白了,他说:

"魏大宝的事你大概也听说了,跟邻居打架,失手把人家的老婆一铁棍敲死。看在他参过战的面子上轻判还判了十二年。他前脚去服刑后脚老婆就带着孩子改嫁,一翅子飞到了黑龙江。张思国还光棍着,前几天来找我借钱,说想借个本钱捣弄个小买卖。我穷得只剩下一根鸟，哪里有钱借给他？"

"这个人吃亏就吃在太老实了。"我叹息着。

郭金库愤愤不平地说：

"打着灯笼也找不到这样的傻瓜蛋！听他们团的人说，当时已整理了他的材料，准备报上级授他一个'滚雷英雄'称号，可这家伙，硬说他不是有意去滚雷！你说天下有这号傻人没有？这下倒好，回来了，一身伤痕，脸也破了相，在村里死趴着，连个支委也没当上。"

"你应该帮着他到县里去找找民政部门。"我说。

"我？"郭金库指着自己的鼻子说，"就我这副鸟样？还去帮他？我自己都顾不上呢，求爷爷告奶奶，乡里照顾给了这么个差事，每天来看看门，每月擦次枪，月底给九十块钱。部长喝酒时，也跟着蹭点油水。"他叹息道，"数来数去数你这小子混得好。"

"想想钱英豪吧，"我说，"想想他那么棒的好伙计，死在那儿，连尸骨都不能还乡。咱活着就该知足了。"

"你说的也对，"郭金库说，"论人品，论本事，我十个郭金库捆起来也抵不上一个钱英豪，可我孬好还立了一个三等功，孬好还找了这样一个擦枪的差事，孬好还有个鸡巴老婆……"

门外自行车响。

"来菜了伙计!"他虎跳起来,拉开门。

一个十五岁左右的男孩子骑着一辆乌黑的自行车,一手扶车把,另一手提着个长方形的木盒子。骑到门口一捏刹车纹丝不动。轻快地跳下来说:

"'花嘴'大叔你要的菜到了。"

提着食盒往里闯。郭金库伸手拧住他的耳朵,气汹汹地骂:

"你娘那个蛋,连你这个胎毛未干的小兔崽子都敢叫我'花嘴',这是你叫的吗?老子赴汤蹈火被燃烧弹烧伤了嘴,回来竟遭你们嘲笑。今日老子饶不了你。叫爹!叫爷爷!叫祖宗!"

他使足劲拧着那男孩子的耳朵,咬牙切齿,勃然大怒。那些铁色的粗大手指索索地抖动着,像一个个暴怒的精灵。男孩痛得尖声怪叫,手中的食盒啪啦啦掉在地上,盘子碟子在盒中响。男孩哭叫着:

"大叔大爷亲爹亲爷爷老祖宗我再也不敢了呀……"

我忙说:"金库金库你消消气算了算了何必跟个小孩子动真格的呢?"

我上去拉他。

他拧着那孩子的耳朵往下按,一直按得脑袋触到了地上的方砖，才余恨未消地松了手。

男孩捂着红肿的耳朵哭起来。

"快给老子把酒菜拾掇出来！"他大声吼叫着。

男孩不敢违抗，弯腰揭开食盒的盖子，把四个冷盘和两壶酒两双筷子摆到办公桌上。他的耳朵上去了一层油皮，红渐褪，紫出来。一副怪可怜的样子。

郭金库气汹汹地说：

"你以为老子善吗？老子不善！今日是小试身手让你尝尝革命战士的厉害。"

男孩吓得一声不吭，提着空了的食盒溜出门外。

郭金库追着他的身影大叫：

"热菜快上！"

男孩跳上自行车，猛踏两脚，回过头来带着哭腔大骂：

"'花嘴'郭金库我操你十八辈祖宗！"

郭金库从门后抄起一支练刺杀用的木枪，跳出去追赶，那男孩踩着自行车箭一般地窜了。

我跑出屋去拉住他说金库金库走走走回去喝酒。他一伸胳膊把我掰到一边。大吼一声：

"不——！我要刺杀！目标正前方——杀——"他平端木枪对准院里那棵梧桐树猛刺过去，"杀——哪里跑？——杀——杀——杀——"梧桐树皮一块块脱落，绿色的汁液像眼泪一样渗出来。

"金库，行了行了，"我好言劝说着，"解放军爱护树木，咱们回去喝酒。"拉拉扯扯好不容易把他拖回办公室，夺出木枪扔到墙角，按他坐在椅子上。拧开酒罐子倒满两杯。我说："金库兄，来来来，喝酒。"

他坐着不动，双眼发直，望着墙壁，两颗大泪珠子从他的眼睛里扑簌簌地滚下来。他低沉地说：

"我不喝了，我没有脸皮喝酒。赵金，今日是我不对，我不该敲你的竹杠。说实话你挣这几个钱也不容易，你家里日子很艰难我知道，把酒带回去让你家大爷喝吧。"

我故作轻松地笑着说：

"郭金库，这就是你不够意思了。瞧不起我是不是？咱兄弟俩难得碰上一次，今日喝个痛快，你要再啰唆可就不像个当兵的了。"

"我还是个当兵的吗？"他瞪着眼看着我问。

"你当然是个当兵的，五星头上戴，红旗挂两边，你不是当兵的是什么？"我肯定地说，"国家的花名册上有你的名字，一旦到了用人之际，你想逃脱都逃脱不了。"

"我是当兵的！我为什么要逃脱？国家兴亡，匹夫有责，我怎么可能逃脱！说实话我真盼着能有个机会为国牺牲了，牺牲得轰轰烈烈，到处树碑立传，关键是我的老娘可以衣食无忧，也不枉养了我这样一个儿子，现在这样子，算什么？兄弟，窝囊啊，生不如死啊！"他抓起酒杯与我的酒杯狂热地碰了一下说，"弟兄们，为了祖国的安宁，为了人民的幸福，为了打败侵略者——干杯！"

他一饮而尽我也一饮而尽。

又倒酒又碰杯又干杯。

"当兵的何必用筷子！"他把筷子扫到桌下，豪迈地说，"用手！"

他抓起猪肝猪肚猪心猪耳朵往嘴里塞腮帮子鼓起来，犹如风卷残云盘中净尽。

热菜还不来。

他抄起电话。

我说饱了不要了吧。

他说不要你出钱我出钱还不行？

他掏出一沓人民币往桌上一拍，红着眼睛说："这是什么？够不够？"又摘下手腕子上那块"上海"牌手表往钱上一拍，吼道，"这是什么？能不能换钱？"

我帮他把表套到手腕上又帮他把钱塞到衣兜里。我说金库咱实事求是别要那么多热菜了要斤饺子吃了就行了就怕人家那小孩杀死也不会来送了。

他敢不送！他说他敢不送我就让他们的饭店里一片血染的风采。

我说好好好你厉害你打电话要吧。

他把电话一拍说饱了不要了喝酒！

又拧开第二个酒罐子咕嘟嘟往杯里倒。一连又干了十几杯。他的脸色跟黄土高坡的颜色一样了。

我说金库差不多了吧。别喝醉了难受。

你说谁喝醉了？你说我喝醉了？走，咱俩出去操练操练。

我说伙计我不行讲军事技术大概只有钱英豪才敢跟你较量较量我可不敢。

他摇摇晃晃走到里屋，从枪架上提起一支老旧的'七九'步枪，安上了一把闪闪发亮的刺刀，提着出来，说我跟你真刀真枪干一场怎么样？

我说老兄你饶了我吧。

他做了一个肩上枪的分解动作：第一步右手握住枪前护木提到胸前枪口与胸前第一颗扣子平齐枪身距离身体约二十五公分左手抓住枪前护木。第二步双手上提右手下滑握住枪托用双手的合力把枪平放在右肩上左手迅速回到原位。

他的肩枪分解动作干净利落刚健有力。

他的大手接触枪身时拍得枪身啪啪响。

"怎么样?"他盯着我问,"有没有良好的军人姿态?"

"有,太有了!"我真诚地说。

他的脸上猛然焕发出一片红光,好像灿烂的朝霞映红了灰白的天空。他把枪下肩,笔挺站直,仿佛站在队列中。他的那双一直黯淡无光的灰白大眼里,此时竟也射出灼灼的光华。他突然说:"刺杀表演那天,团长站在我前方。还有营长。连长高声下达口令:'郭金库——',我响亮回答:'到——!' '出列——' '是——!'我提着枪,跑步出列,"他提着枪,在武装部办公室里跑动着,然后猛然一个立正,"连长下达命令:'目标正前方,胶合板稻草模拟敌,连续突刺——开始——'"他右手把大枪猛往前一送,左手紧抓住枪前护木的同时右手后滑枪栓哗啦一声响随即紧紧抓住枪颈。他前腿弓后腿绷双臂夹紧双眼发直嘴唇发青,大吼一声:"杀——!"身体猛地跃起,用刺刀戳穿了乡武装部办公室的松木门板。松木质地紧密夹住了刺刀拔不出来。他猛踹一脚门板，拔出刺刀，又后退，又前扑，办公室里杀声震天，仿佛变成了练兵场。片刻之间，门上就平添了几十个透明的窟窿。刺刀弯曲，别断在门板上。他拔枪用力过猛，闪倒在地坐着。他的额上布满汗珠，嘴里喘着粗气，说："我一连突刺了一百枪，把个靶子扎得稀巴烂！"他抬起衣袖擦了擦沁到眼睛里的汗水，说："连刺一百枪，我面不改色心不跳，脸上连个汗星星也没有。团长戴着雪白的手套，穿着锃亮的皮鞋在营长陪同下走上来。'叫什么名字？'团长问我。"他从地上爬起来，忘掉了大枪，双脚夸张地并拢，胸脯夸张地挺起，好像团长就站在他的面前。"'报告团长我叫郭金库！''多大了？'团长问。'报告团长，我二十一岁，属羊的。''你分明是一只小老虎嘛！'团长拍拍我的肩头，夸奖道。'是团长，我是一只小老虎！'团长挥挥手，连长跑上来，啪一个立正，啪一个敬礼，说：'请团长指示。'团长说：'不错不错，就这个练法，摸爬滚打，平时多流汗，战时少流血。继续操练吧！'连长大声命令：'各排带开，继续操练！'操练，杀……"他摇摇晃晃站不稳了，我赶紧扶他坐下。

他脸上的红霞褪去，目光又黯淡如死鱼的眼睛，他伸手又摸酒罐子，我拦住他说金库别喝了。

"不……不……"他秃噜着舌头说,"咱……老战友……难得见……今日非喝个……一醉方休……"

"你已经醉了。"

"放屁!小舅子才会醉!"他抓过酒罐子,花纹嘴对着罐子嘴,咕咚咕咚喝了个底朝天,然后,红着眼睛说,"前方发现暗堡……看雷……"一扬手就把个酒罐子砸碎在墙壁上。

"伙计,赵金,"他的头歪在办公桌上,闭着眼睛,军帽掀到后脑勺上,嘟嘟哝哝地说,"军队里多好,当兵多好,说打就打,说练就练,练一练手中枪,刺刀手榴弹。你们,凭什么让我回来?我没当够兵你们硬要我复员。当兵多好,看电影、打篮球,拔河,星期天洗澡,大嘴报幕员,怀抱着鲜花,好似天仙下凡尘。熄灯号:熄灯——熄灯——熄灯睡觉熄灯睡觉——开饭号:大米干饭大米干饭白菜汤——大米干饭大米干饭白菜汤——紧急集合——起床号:起来起来快起来——一分钟穿好衣服,两分钟跑出宿舍,三分钟全连集合完毕。连长下令:立正——稍息——向右看齐——向前看——向右转——左转弯跑步走,嚓嚓嚓,嚓嚓嚓,嚓嚓嚓嚓嚓嚓嚓,上百号人步伐一致,一二一,一二一。连长在队伍外喊号:一——二——三——四——我们跟着喊:

一——二——三——四——喊出一肚子乌烟瘴气。口号震破了黄县县城的早晨。嚓嚓嚓，路过丁家大院，跑上中心大道，越过一棵棵法国梧桐，越过内燃机配件厂，黄县税务局，黄县县委，黄县一中，黄县邮政局，黄县电影院，黄县吕剧团。女主角龚丽娜，李二嫂改嫁，借灯光我赶忙飞针走线，上一双新鞋儿好给他穿；实指望找六弟谈谈心事，哪知道他报了名要去支前。真是迷死人哪！黄县供销社百货大楼，最美丽的是那个卖香烟的姑娘。嚓嚓嚓，嚓嚓嚓，越过老百姓的庄稼地，跑上烟潍公路，还是日本鬼子修的，左边是碧蓝的海，右边是光秃秃的山，路两边白杨戳着天。路上没有车，寒冬腊月，一片白霜。嚓嚓嚓嚓嚓嚓嚓，越跑越热，迎着太阳，跑完五公里，连长下令：便步走——乱七八糟一阵，黄压压半条路。到了那个老地点，连长下令：撒尿——上百个小伙子迎着朝阳，七长八短七粗八细，都把憋了一夜的水射到悬崖下，好像一阵大雨从天而降……当兵真好，真好，可你们不要我了……"他用拳头捶打着桌子，抽抽搭搭哭起来，混浊的泪水流到办公桌上，"赵金，你说说情让我回部队吧，站岗、放哨、喂猪、做饭，干什么都行……我没当够兵哇哇……"

在他的感染下，我也感到很难过，便劝他：

"金库,别犯糊涂了,自古道,'铁打的营盘流水的兵',谁也不会当一辈子兵。再说,你回来也没脱离武装吗,全乡几十杆大枪都在你手里掌握着,你愿意擦哪杆就哪杆。"

"我哪一杆也不愿擦!"他睁开通红的眼睛,指着躺在地上那杆步枪吼道,"这他娘的也叫枪?抗战时缴获日本鬼子的,像养过十个孩子的娘们一样,松口了,子弹一出膛就翻了跟头,这些破玩意儿,还比不上根棍子管用!你说我惨不惨,自卫还击战三等功荣立者,什么样的新式武器没见过,什么样的动静没听过,现在竟成了看破烂的了……"

我说金库我想回家了,你也回家歇歇吧,怎么样?

"我跟你一起走。"他晃荡着站起来说,"你答应过的,要到我家去看看。"

你家我就不去了吧。

他眼一瞪说:

"你把我灌成这样,不送我回家,你想让我掉到桥下淹死?如果我淹死了我的老娘你来养吗?我的大了肚子的老婆你来照顾吗?"

我说这个家伙简直是个无赖好吧我送你回家。

在去他家的路上他说伙计,我老婆瞧不起我,天天跟我找别扭,你是堂堂解放军上尉军官,送我回家,会让我满面光彩,这是长我的志气,灭我老婆的威风。兄弟狐假虎威,镇镇老婆,希望能够借此改善一下形象。我没醉,我是醉人不醉心。

他的家距离乡政府一里路,抬脚就到。三间破屋实在寒酸。推开挡鸡的柴门他说:

"到了郭府了。"

他老婆正在喂猪。一见她我就感到面熟。想起来了。郭金库当兵时她经常去探亲,到了连里就赖着不想走,一顿饭能吃七个馒头,弄得司务长和炊事班有意见。光来吃住还不算,还背着十几把笤帚到营区叫卖,嗓门十分的古怪,半似歌唱半似号丧,吸引了许多军官家属和小孩子来看热闹。哨兵赶她走说是三连战士郭金库的未婚妻,把郭金库糟践得够呛。

郭金库说:"老婆子,我的老战友赵金上尉来了,赶快烧水泡茶!"

她翻翻眼皮,骂道:

"看你醉得那个熊样!"

"快烧水泡茶!"金库下令。

"草没有一根,茶没有一捏,烧你爹的×,泡你娘的×!"女人妙语连珠地说着,从腰里掏出一根胡萝卜，咔嚓咬了一口。

我说郭金库我走了。

郭金库脸涨成青色，怒骂道：

"我这辈子倒霉就倒在你这臭娘们身上，今日咱新账旧账一块算。我毁了你吧！"

女人挺挺大肚子，豪迈地说：

"来吧来吧，有本事朝这儿打，打掉这个王八种省了我改嫁时拖油瓶子！"

金库捶着胸哭：

"爹呀娘呀天老爷呀，怎么叫我碰上这个母夜叉？"

我说："金库算了，眼见着就要过年了，别闹腾了。"

"过年？"他红着眼说，"不过了！"他从门口边抄起一个蒜臼子，冲进屋里，我跟进去拉他。

他高声下达着命令：

"五班副郭金库——到——目标正前方发射鱼雷——是——"他抡起胳膊把石头蒜臼子掷到那块悬挂在北墙上的明晃晃的大吊镜上，"咣唧"一响，玻璃碎片纷纷落下，他老婆在门口哇哇地哭起来。他捡起蒜臼子，站在堂屋里，下达命令，"五班副郭金库——到——正前方发现目标发射鱼雷——是——"他把蒜臼子扔在锅里，铁锅破裂，蒜臼子掉在灶底草木灰中，砸起一股烟尘。他从草木灰中提出蒜臼子，随手砸在水缸上。"发射鱼雷！"水缸四分五裂，满缸的水也同时向四下涌流，屋子里水声哗啦，无法立脚了。

他的一系列动作迅猛无比，好像经过多少次精细计划和演习一样，等到我想去阻拦他的破坏行为时，他已经把这一切都顺利完成了。弹无虚发，家里三个重大目标全部消灭，再干就只好放火烧房子了。他的老婆见势不好，腆着大肚子，哭着跑了。

他蹲在地上，双手捂住了脑袋。

我说："你这个愣头青，这日子往后怎么过？"

他撕下帽徽领章，平静地说：

"赵金，你走吧，好好干去吧，替咱老乡争口气，千万不要离开军队。"

十三

爬上河堤的人果然是郭金库。他留了背头，梳理得还算光滑。下身穿一条灰涤纶布裤子，挽了一圈裤脚，脚上穿着丝袜子、前露脚趾后露脚后跟的人造革半高跟凉鞋，上身穿一件半袖白衬衫，脖子上松松垮垮地吊着一根红领带,衣袋里插着一支钢笔,俨然一个乡镇干部了。

他在我们的树冠东侧寻了个地方,蹲下,挂饵,饵料是一只活豆虫,挂到钩上后还弯曲拧动着。他将鱼钩抛下水,掏出烟点着,又从身上摸出一块塑料布,展开在河堤上,然后坐在塑料布上。

我说:"英豪,把这个小子叫到树上来怎么样?"

他犹豫了一会儿,说:

"好吧,你喊吧!"

我大声喊叫:

"郭金库——郭金库——"

他毫无反应。

钱英豪说:"他被鳖迷住了心窍。你看我的。"

他把拴在树冠上那只小鳖解下来,用另一根鞋带把它牢牢地捆在拧紧了瓶盖的空茅台酒瓶子上,又将拴住鳖腿的鞋带连接在那根湿漉漉的背包带上,然后,把它抛到了郭金库面前的水面上。小鳖在水面上急速地活动着,酒瓶子把它翻到水里去,使它四脚朝天。它挣扎着又把酒瓶子翻下去。酒瓶子的华贵标签在浑水中格外醒目,鳖甲周围的软组织像裙子一样翩翩翻动。一瓶茅台,一只活鳖,合起来恰好是一份厚礼。郭金库的双眼突然放出光来。

他把烟蒂扔进河水，挽起裤腿，脱掉鞋，试试探探地向小鳖逼近。钱英豪缓缓地抽动着背包绳，使酒瓶子和小鳖始终与郭金库保持着一段距离，引诱他向我们的树冠走来。

水淹没了他的大腿，又淹没了他的肚脐，紧接着又淹没了他的胸口。他脚下一滑，身体倾倒，头颅浸在了河水中。他挣扎着站起来，惊恐地往后退去。洪水纠缠着他，使他行动笨拙。退到浅水处，他回过头，看着翻滚的酒瓶和翩翩的鳖裙子，犹豫了一会儿，又试试探探地向深水中走来。

我蹲在树冠上，强忍着不笑出声来。他明明是来钓鳖，却被鳖钓了他。

这次他走得格外小心，水淹至脖颈时他的身体还保持着平衡。钱英豪松了一个背包绳，让鳖与酒瓶处在深水与浅水的边缘，漂在郭金库伸手就可抓住的水面上。他悄悄地伸出手，然后往前一扑，洪水随即淹没了他……

……我和钱英豪像拖死狗一样，把身材高大的郭金库拖到树冠上来。他呛了水，拼命地咳嗽着。我伸出拳头在他背上捶了几下，一股黄水从他嘴里喷到河里。他擦擦沁进眼里去的泥沙，这时我适才的喊叫声突然在黄昏时的河道上明亮地回响起来：

"郭金库——郭金库——"

他在树冠上四处张望着，他的名字随着层层叠叠的波涛消逝了。他的脸上闪过惊恐与迷茫的神情。我像他当初在集市对付我一样，从背后叉住了他的脖颈，大吼一声：

"哪里逃！"

他惊愕地别过头来，骂道：

"他妈的，是你这个小子在装神弄鬼！"

他抡起大巴掌，对准我的软肋来了一下子，痛得我差点背过气去。他拍打着我的肩头，亲热地问：

"什么时候回来的？在这里干什么？"

我指指他的身后，说：

"你先看看这是谁？"

他回过头去，突然木住了，然后大叫一声：

"钱英豪，我的好兄弟！你原来还活着！"他跨前两步，伸出两根长臂，搂住钱英豪的腰轻轻地把他抱起来，转了两圈，放下，眼睛噙着泪，一阵表示亲热的拳打脚踢，几乎让钱英豪的身体四分五裂。

"我还一直以为你真死了呢，谁知你小子还活得好好的——"他停住了话头,狐疑地看着钱英豪锈迹斑斑的脸和身上那套破烂烂的军装,脸色变黄,好像有些害怕,但随即他又镇定地说,"我知道你是鬼,你是鬼我也不怕,咱伙计们做鬼也是英雄鬼。"

钱英豪说:"你这小子,狗熊脾气死了也不会改,刚才那一阵巴掌拳头,我是个活人也被你打成鬼了!"

我们三人站在树冠上哈哈大笑。黄昏时刻,西半边天闹开了火烧云,牡丹芍药,骏马走狗,变幻无穷。半个天大火熊熊,映照得满河流金泻玉,也照得我们红光满面,精神焕发。

郭金库用脚跺了一下树冠,树冠猛烈动摇,几千根垂悬在水中的枝条上蹿下跳,带动着无数的水花跳跃,景色美丽动人。他问:

"你们俩在这儿搞什么鬼名堂?"

我说:"我们没搞鬼名堂,我们在钓鱼。"

"哈哈,真会找奇巧地方,"他说,"你们钓鱼我钓鳖。"

"我们也在钓鳖,而且钓了一只大鳖!"钱英豪把那只绑在酒瓶子上的小鳖扬了扬,狡猾一笑,说,"你是鳖钓!"

他省悟过来,笑着说:

"原来是你们两个小子捣的鬼！"

我们三个成等腰三角形，坐在树冠上。

"听说混上好事了？"我问。

"怎么能叫混呢？"他不高兴地说，"我这个铁饭碗是枪林弹雨打出来的，国家政策，懂不懂？"

"懂懂懂。"我说。

"可有些人不懂，"他愤怒地说，"说我们运气好。"

"你的运气是不错嘛。"我说。

"谁的运气错？"他说，"你说谁的运气错？"

"钱英豪的运气比你好吗？"我说。

"提我干什么？"钱英豪摆摆手，说，"别提我。"

郭金库看着闷头抽烟的钱英豪，难为情地搔搔脖子，说：

"跟哥们你比起来，我是没有资格吹牛，你要是活着不死，完全可能当上司令员的。"

钱英豪笑着说：

"吹吧吹吧，吹牛不犯法也不上税，我的郭军长！"

郭金库局促不安地说：

"英豪，有一件事我对不起你……"

钱英豪说："瞎扯，你会有什么对不起我的事？赵团长，你说他会有什么对不起我的事？"

十四

现在我突然明白了这棵生长在河堤半腰的柳树对于我们的意义了。十五年前冬末初春的那个日子里,领取了入伍通知书的我、钱英豪、郭金库、魏大宝、张思国齐集在这棵树下。当年我们集在这棵树下纯属偶然。现在我们集合在这棵树上算不算钱英豪的巧安排?那天我们领了通知书后去聂哑巴家买了两斤狗肉到供销社里买了两瓶白酒在河堤的向阳坡上坐着喝酒。大冬天在野外喝酒是钱英豪的主意,他说古代英雄没有在屋里喝酒的,他是我们的领袖,一句话顶一句话。河里的水全部冰冻了,阳光普照,河冰晶莹,犹如蜿蜒一条龙。没有风,河滩上的枯草呆呆地立着,看着我们喝酒吃狗肉。没有筷子用手抓,没有杯子对着瓶吹。那时候这棵树只有水桶般粗细,树冠自然也没有如今庞大。肉吃光了,酒喝光了,人喝晕了,太阳青着蓝着旋转着,忽然有群鸿雁落在河冰上,大家都望着雁看犹如呆雁。我说要是有枪就好了——后来有了枪,后来扛着枪边行军边唱"瞄得准来打得狠呀一枪消灭一个侵略者"时我总是想起这群雁想一枪打中一只雁毛羽横飞血花迸溅从半空中跌落——钱英豪说打雁要什么枪？没枪怎么打雁？魏大宝硬着舌头反驳。钱英豪说只要我们能隐蔽接近雁群在距它们十米处发起突袭就能把起飞困难的大雁扯着腿拽下来你们信不信？我们不信。他说跟我来，你们跟着我匍匐前进，知道怎么样"匍匐前进"吗？不知道不要紧，跟我学。身子要尽量贴近地面，用两个胳膊肘子使劲，腿随着胳膊肘子移动。对，就是这样，跟着我，拽下四只大雁让俺爹给咱清炖雁肉，别咳嗽！慢点，别惊动雁哨！荒草掩蔽着我们的身体，草叶摩擦着我们的衣服刷刷地响。草下的泥土冰凉，由于肚子里有狗肉和白酒发散着热量，所以腹部感觉不凉。渐渐到耀眼的白冰了，那些雁呆呆地站着，好像在听领导训话的士兵，当然必须再次强调它们绝对不是士兵。我在渤海的沙滩上像只海豹一样练习匍匐前进时，总要回忆起这次匍匐前进，而我在亚热带的茂密草木中匍匐捉雁，总是想起，总是想起，永难忘记。当钱英豪被子弹打得血肉横飞的那一瞬间，一个极其可怕的念头在我的心头一闪而过：在遥远南方的荒凉山林中飞舞着的钱英豪的血肉与衣服碎片正是在我们故乡的河滩上那只鸿雁的纷纷扬扬的羽毛。当然这念头像闪电般出现便会像闪电般消逝。他死了我万箭穿心，打死我的好兄弟的那个人激起了我的满腔怒火。我在平坦、松软、滚烫的沙滩上匍匐前进,灼热的砂砾烫着我的肚皮甚至烫着那最为敏感的部位那时的大裤衩质地粗糙两天不洗就硬得像砸扁的铁皮烟囱。沙子烤得我满脸热汗,汗水浸眼,我眉毛稀疏睫毛短比别人更睁不开眼——赵金!降低你的屁股!你是只鸵鸟吗?班长吼着,并用一根小棍戳着我的屁股——我降低屁股,匍匐前进,沙子灌进袖口,腿重,枪沉——快爬!海豹也比你爬得快!要领不对!站起来!——我拄着枪站起来,眼前晃动着炎炎白日射出来的黑色光线,海滩光芒四射,每一颗沙粒就是一道射线。我感到肠胃绞动,头痛耳鸣。大海上吹过来腥咸的热风加重着我的不适,海浪千重万叠,海水一片黑暗,只有朵朵浪花反射着蓝色的光,蓝是烫我眼睛的颜色。你这个大笨蛋——班长说——钱英豪,出列——是——你提着枪跑出来——匍匐前进!——他像根棍子一样笔挺着往前倒,在接地的瞬间才单手撑地。这一倒勇敢潇洒,优美无比。他刷刷地前进着,低姿势,快速度,像一匹游动在金黄沙滩上的草绿色蜥蜴。跟着我,别吱声。透过稀疏的枯草,我们渐渐逼近了河冰上的雁群。冰是那样的美丽,七彩的颜色在冰上团团旋转着,鸿雁们麻色的朴素羽毛沾了太阳的光竟然也如梦一般绚丽。火辣辣的阳光在二月里出现，在同样的日子里出现。我副班长赵金在全班的末尾匍匐着向潜伏地点前进，潮湿的红土，烙人的卵石。我看到罗二虎的笨拙和钱英豪的轻捷。如果不是为了照顾班集体，他一个人早就爬到了点上。猎雁时情趣盎然的匍匐前进继续在我眼前出现。赵金，好好看着钱英豪的动作！班长命令我——是，班长！——他差不多就要爬到海里去了。他游动在金黄沙滩与蓝黑海水之间，更像一尾亮晶晶的凶猛鳄鱼了。我认为他已经爬进了无垠的大海，爬进了永恒的冰凉世界。他几乎就在夺目光华的河冰之上了。冲啊！他跃起来，大喊着，向雁群扑去。我们也跃起来扑向河冰，河冰与河滩接合处的冻土已被阳光融化成了冻泥。我们纷纷跌倒在这里，然后沾着满屁股泥巴滑到冰上去，坐着。酒精使我眩晕。钱英豪向雁群扑去，他像一条犬，像他家那条箭一样快的黑狗"巴鲁"。我们都穿着黑棉裤黑棉袄。雁哨惊叫着，群雁在冰上仓皇地助跑起飞。冰减小了雁掌的摩擦力，使它们不能迅速脱离地球引力。群雁拼命地扇动着翅膀，嘎吱嘎吱地怪叫着、奔跑着、滑动着，河上彩色斑斓，每只雁都是一团耀眼的滑动的光影。钱英豪的黑色身影切割着光线。雁们终于飞起来，扇起凉风阵阵。它们抻着脖子抻着腿在冰上飞行。一只最笨拙的雁被钱英豪揪住了。雁群哀鸣着渐渐升高,既没排成"人"字,也没排成"一"字,乱糟糟,七前八后,拥拥挤挤,飞进阳光里去了。微风吹动着它们的羽毛在冰上滚动。钱英豪!回来——他提着枪站在队列前,绿军装被汗淠透发了黑,黑红的脸上沾着沙土。钱英豪英气勃勃。对这个具有军事天才的同村老乡我既敬佩又嫉妒。他回过头对我咧嘴一笑,伪装帽圈下他的脸那么轻松,比捉雁还轻松,我深信他是上帝派下来当兵打仗的。我们欢呼着跑到河冰上去,观赏这只被钱英豪活捉了的雁。它愤怒地惊恐地痛苦地挣扎着,并发出凄凉的令人心悸的哀鸣。我们簇拥着抱雁青年钱英豪来到柳树下,争着用手触摸它的光滑得如同缎子的毛,它嘎嘎地叫着,两只黑豆小眼水汪汪的。雁是会流泪的灵物。赵金,看到钱英豪怎么做了吗?——我低下了头——这才叫匍匐前进!班长说,你那叫什么?像蛆爬!——我把头再垂了些。这雁足有六斤重!摸着它我们说,走吧,英豪,让你爹清炖雁肉去,今晚上,咱伙计们再喝一次!钱英豪空手擒雁,了不起!他说:什么了不起?碰上一只拉肚子的。雁泪汪汪。我感到难过。钱英豪若有所思地说:雁竟然会哭,放了它吧。魏大宝说:别充善人啦!郭金库说:别放别放,好不容易捉的。钱说:雁是我捉的,我要放了它。他一松手,雁扑棱棱往前蹿,魏、郭跟着追。雁起了飞,拼了命,箭一般飞向太阳。雁声嘹唳。魏骂:钱英豪真混蛋!郭吼:早知要放,何必去捉?害老子跌了一腔泥。张思国慢腾腾地说:放了好,行好必得好,阿弥陀佛。张思国胖墩墩的像尊小弥勒佛。据说他的娘是信佛的,我们也不知真假。魏挖苦他你当和尚去吧,当什么兵?当兵不但要杀雁,还要杀人呢!张思国好脾气不反驳,憨憨地笑了。赵金兄弟,我可不是故意要你难堪,他说,班长说话也太损了。我哭丧着脸说:钱英豪,我在军队里怕是出息不了。我天生不是当兵的材料,你天生是当兵的材料。雁没了影,钱英豪说,我们在这树上留个名吧,十年后再来看看。他掏出一把铁把刀子,刮掉柳树的粗皮,然后,在树干上刻上了:钱英豪司令。郭说:"他妈的,这么大的野心,跟林彪一样,给我刀子,我当什么呢,我当个军长吧!"刷刷刷,树干上刻出了郭金库军长。依次出现了:赵金团长、魏大宝营长。张思国搔着头皮说:我什么也不想当,就想当个党员,回来找个工作,实在找不到工作,在村里当个支委也行。我们都笑他胸无大志。魏大宝说:那你就刻上吧。张说:我手拙你替我刻吧。魏说:好,我来刻。村支委张思国,六个大字出现在树干上。郭说：子弹把钱英豪司令打碎了时我并没想到柳树上的字。

……

我们不约而同地溜下树冠，在枝杈纵横中，在洪水漫漫中，寻找钱英豪司令，寻找郭金库军长，寻找赵金团长，寻找魏大宝营长，寻找村支委张思国……往昔的辉煌梦想也许早已生长在柳树的年轮里柳树的纤维里，我们抚摸着裂绽疤纹、生满青苔的树皮，齐齐地叹一口气，六只忧伤的眼睛，碰在了一起。

十五

英豪兄，赵金弟，想不到在树上碰上了你们。赵金咱还见过一次面，那时候兄弟我还潦倒着呢。把武装部的门捅成了筛子底，哈哈，比较痛快，还回家消灭了三个目标，老婆挺着大肚子跑到乡里，揪住民政助理，说宁愿抛头颅洒热血也不跟郭金库这个强盗一起过了。民政助理说天上下雨地上流小两口打架别记仇，肚子都这么大了，还闹什么离婚？我给你们调解调解就好了。我老婆说你不同意就在你这里杀身成仁。民政助理说，你真要离我可告诉你可别后悔。我老婆说头可断血可流不跟郭金库离婚不罢休。民政助理说县里来文件了,说凡在自卫还击战中立过功的复员兵全部农转非并安排工作,你跟他离了,他找个大闺女根本不发愁。我老婆一听这话,说不离了不离了,我不过说两句气话罢了。

郭说我捉摸着世界上的事真是不破不立,要不是我回家消灭了三个目标,好运气也不会来找我,晦气鬼也怕敢于战斗的复员兵,对不对,伙计们?他满脸得意之色,嘴巴笑成一条菊花。没及我们应和,他满脸的得意像被冷风吹落的苍老花瓣,乱纷纷跌落在河水中,灿烂的彤云密布在脸上,他痛苦而激动地说:那天,在你们村里,英豪,你的装着一条木腿的老父亲站在我的面前。

他说:郭金库你还认识我不?

看着他那条木头腿,那佝偻的腰,那满脸的皱纹,我鼻子发酸,说:钱大爷,您老人家好……

你爹说:金库,你到我家来一趟吧,有点事和你商量商量。

老人在我前边一瘸一拐地走着,那条木腿发出嘎嘎吱吱的响声。看着他脚上那双破旧的解放鞋我就想起了你,伙计,我心里非常难过。

家里只有他自己了。他让我坐下,要烧水给我喝。

我忙说：大爷，您千万别忙活，我郭金库该死，几年也没过来看望您老人家，我对不起我的战友钱英豪……钱英豪，好兄弟，你在墙上冷冷地看着我，水渍斑斑的墙上有你的照片有我的照片有赵金的照片有魏大宝的照片还有张思国的照片……我怎么好意思让他老人家为我烧水？我说大爷您千万别忙活我不渴。他说真不渴？我说真不渴大爷您快坐下吧。他从炕席下摸出半包压瘪了的香烟递给我，说上次你们的一个战友来看我时扔下的——我记性不好忘了人家叫什么名字了——一直没舍得抽你抽吧。香烟变了味，我抽着，喉咙发干眼睛枯涩嘴里发苦，我说大爷您有什么事就尽管吩咐吧。

你家大爷说：

金库，听说你在乡里当了干部，大爷我心里高兴。有一件事，我本想去乡里求你。正好今日碰了巧。金库大侄子，你大爷我也是当过兵的，不信鬼神，说出来你别笑话。

你家大爷说：

前几天我做了一个梦，梦见英豪对我说：爹呀，我在这里住不惯，这里太湿，房子里有很多白颈蛐蟮——他自小怕白颈蛐蟮——爹呀，你来把我的骨头起回去吧，把我埋到河北边的坟地里，埋在俺娘的坟旁边……

醒过来我浑身冷汗，一脸老泪。心里想"人死如灯灭"，哪有什么灵验？便躺倒再睡，刚一闭眼，英豪又站在我面前，说：爹呀，我知道你年纪大了，腿又不灵便，来这儿起我的尸骨不容易，但孩子在这里实在是住不下去了……一睁眼，又是一身冷汗。月亮把窗户纸照得雪白，耗子在炕下啃木头，一切都活灵活现的……叹口气，抽袋烟，再睡，英豪又眼汪汪地站在炕前，哀告我把他起回来……

你家大爷说：

金库大侄子，你和英豪是老战友，你又在南边走过，路熟，大爷想拜托你把英豪的尸骨背回来，来回的路费我承担。

我说：大爷，按理说你吩咐我的事即便是上刀山下火海我也不敢推辞，可这桩事儿不好办。您想想看，英豪埋在烈士陵园中，那里有专人管理，哪能允许掘墓起骨？只怕墓没掘开我就被人家当破坏分子抓起来了。再说，那里埋着那么多烈士，谁家的父母不想把孩子的尸骨起回老家？要是咱带了头，那不就乱了套了吗？

你家大爷点着头说：

大侄子，您说得对。大爷我是老糊涂了……这事儿就算了，你公事忙，忙去吧……

我说：大爷，英豪牺牲了，我就是您的儿子，今后有什么事，只管到乡里找我。

后来我听说大爷一个人去了云南。英豪，我郭金库还算个人吗？人家平度县的李立刚，十年内为牺牲的战友家寄去了两千多元，自己节衣缩食，连块手表都没有，这精神！哪像我，大爷拜托我这点事，我竟然借口推辞了，其实我是怕花钱。

"金库，你别说了，"我羞愧地说，"英豪牺牲十几年了，我也没给大伯寄过一分钱，我孬好还是个军官哩。"

英豪道："你们俩都神经了是不？寄钱就是好战友，不寄钱就不是好战友了吗？不许再提这事。"

晚霞如血在河上流淌，一群群村民披着蓑衣，戴着斗笠，提着风雨灯，扛着铁锹，挟着草袋子汇集到堤上来。一个挽着裤脚的乡干部在河堤上大声说：

"乡亲们，千万要提高警惕，县防汛指挥部来了电话，说今夜还有八百个流量的洪水到达我们这儿。"

十六

"金库，别难过了，"钱英豪拍拍捶胸顿足的郭金库,说,"你没有错,你要真去起我的尸骨那才错了呢。我也没托梦给我爹,完全是他老人家思念我过度所致。现在,他把我起回来,让我脱离了集体,滋味难熬啊。"

"回来也好,守着家乡的热土,伴着父母,听着河流的声音,嗅着四时变化的气息。"我说。

"什么也代替不了战斗的集体,"钱英豪说,"现在我天天生活在对过去那火热生活的回忆里……"

他心驰神往的表情洋溢在脸上,如诗如画的另一世界的生活从他的嘴角流淌出来。他的嘴唇似乎不动,但他的话语却源源不断地贯彻到我们的心里。

……每天夜晚,星月上来,那两只猫头鹰鸣叫着,飞翔着,捕捉着田鼠饱餐着田鼠。战友们从坟墓中钻出来,齐集在墓前供少先队员过队日的空场上。值星参谋高喊着口令,调动着队伍,先是黑压压站成一个方阵,然后一声令下,一齐坐下,蓝幽幽、方正正一个团队。分不清谁是干部谁是战士。几千只眼睛在闪烁,成群的萤火虫围绕着我们吊在树枝上的萤火虫口袋飞舞,光明围绕着光明更加光明。团长说:李参谋,起支歌子,雄壮点的,活跃活跃空气。值星的李参谋原是军文化处的,身材挺拔,嗓音嘹亮,站起来像棵树,唱起来像把号。他领唱：说打就打说干就干，练一练手中枪刺刀手榴弹。钱英豪的歌声在树冠上响起，他的嘴依然没动一样，但他的歌声确凿地在树冠上在河上空回响：瞄得准来投呀投得远，上起了刺刀让他心胆寒。我们的歌声竟然也和着钱英豪的歌声在河道上回响：抓紧时间加油练，练好本领准备战，不打倒反动派不是好汉，打出个样儿给他看一看。政委站起来，说：

同志们，今天我们全团集会，为的是贯彻上级的指示。最近一个时期，围绕着边境开放，两国人民重修旧好的问题，大家心中都有些郁闷，还有一些不好的议论，什么"我们的血白流了呀""我们成了没有价值的牺牲品啦"，等等。同志们，这种思想十分危险，要不得啊。同志们，我们是军人，军人以服从命令为天职，命令我们打到哪里，我们就要冲到哪里。世界形势是不断变化的，国家之间的关系也是在不断变化的。当初我们与他们刀枪相见，为的就是今天的和平生活，人民之间是没有仇恨的，战争与和平都是政治的需要和表现形势。我们的牺牲是光荣的，过去是光荣的，现在依然是光荣的，将来也是光荣的，任何对我们的光荣牺牲的价值的怀疑，都是错误的，是十分严重的错误！

静寂如山，压迫着团队，猫头鹰的啼叫声渗进了石头。

感情容易冲动的华中光低声抽泣起来,在他的感染下,许多人哭起来。哭泣声渐大,发展成集团号哭。有的人哭声凄厉,像捏着脖子故意发出的怪声。团长大声说:

这是干什么?娘娘们们的!军人嘛,活着是铁,死了是钢。

团长说:李参谋,起歌子,鼓舞士气。

李参谋擦着眼站起来,起唱:

我是一个兵,来自老百姓。

士兵们因抽泣把歌唱跑了调,团长用高亢的嗓音把跑了调的歌子引向正路。唱完了歌,政委说:

同志们,我们从墓前的鲜花、从文学作品,甚至从恋爱中的男女的含情脉脉眼睛里,甚至从在和平的边境上安宁地吃草的水牛的耳朵上,甚至可以从丰硕的水果和沉甸甸的稻穗上感觉到,人民没有忘记我们。我们要像钉子一样钉在这里,借以报答人民的恩情。春节就要到了,为克服思乡情绪,各连队要排练些生动活泼的文艺节目,让欢声笑语伴我们度过佳节。

当时我想:要是赵金在这儿就好了。

你这个伙计,怎么盼着我死呢?我大声说。但我也分明感到我的嘴唇僵着没动,话语却贯彻到树冠上二位战友的耳朵中去了。

郭金库说:这倒是一件新鲜事,死人还能开春节联欢会。

开个春节联欢会也值得你大惊小怪?这世界既是活人的也是死人的。死去的人以自己的方式占有世界。我们在联欢会上唱歌,跳舞,说相声,演活报剧。我们出操,巡逻,设伏,捕俘。亲人思念我们时,我们会停下手边的工作,回报亲人以思念。

如此说来,大爷把你起回来,你并不情愿。郭金库的话语贯彻着我们。

这怎么说呢?我很矛盾,当时很矛盾现在依然很矛盾。远离了父母也痛苦,远离了集体也痛苦。我爹拖着一条木腿,千里迢迢去了南疆,一路受尽磨难,真也难为了他老人家。

大爷动身去南疆,你预先有感觉没有?我问。

十七

有感觉,当然有感觉。那些天我一直精神恍惚,许多往事盘旋在心头,并进行一些莫名其妙的组合。一会儿仿佛是大嘴姑娘牛丽芳带着我家那条狗来找我,她穿着一条红裙子,挺着一个大肚子,说:钱英豪,我肚里怀着你的儿子。我说你胡说。她笑嘻嘻地领着狗走了。我喊:"巴鲁。""巴鲁"跑过来,把一条咸带鱼放在我面前。我捡起那条鱼,鱼立刻化成鸟,鸟立刻变成枪,枪立刻射击,一个深眼窝、凸嘴巴的男孩子中弹躺下,我跑上去为他包扎,他立刻化在地上,一棵仙人掌生出来,掌上先开花,花谢,随即长出一些粉红色的小刺球,吃一颗酸溜溜。夜里带队巡逻时,我不知不觉地越过了边界,被对方四个人按住。我一抖精神,挺起来,三拳两脚把他们打歪了。我在前边跑,他们在后边追。他们边追边喊叫:喂,兄弟,不打了,跟你开玩笑的。他们的汉语水平不高怪腔怪调。傻哥哥,我可不傻!开玩笑?骗鬼呀!被他们捉住,有我的苦吃。迷蒙间我跑进了一个边境贸易市场,一会儿躲在一堆木材中间,一会儿藏在一架衣服后。对方的姑娘与我们的小伙子隔着街逗趣,她们把一束束香蕉掷过来,他们把一双双红色的塑料鞋投过去。姑娘们穿上塑料鞋,小伙子们吃香蕉。那四个家伙一见女人就忘了我,他们绕着姑娘转,拽一下她们的头发,拧一把她们的屁股,引起姑娘们的愤怒,转着圈儿互相盘问谁在捣乱。我得便溜走,手里攥着一只啤酒瓶子，口袋里满装着炒松仁、五香花生米，谁给装上的不知道。吃几颗很香，没毒，这是咋回事呢？回到营地，罗二虎正焦急着呢。他说我还以为你被他们俘去了呢。我说差一点儿。营长说：你是怎么搞的，梦游吗？团里早就规定，我们绝不允许他们过来，我们也不要随便过去。我说：糊糊涂涂就过去了，不过他们也没占到便宜，四个家伙，都吃了我的苦头。你的鼻子也被他们给揍歪了，营长轻蔑地说。四对一呢，我说，他们现在正在贸易市场这边混呢，要不要去逮他们？营长说：算了，尽量不惊扰活人吧。钱英豪，你可要注意了，不要弄出事来。我有些恼怒地望着营长不信任我的目光，说：是，我注意。

　　我心里很憋火，竟被那四个家伙追兔子一样追了一程。我决定去逮他们。我悄悄地叫了两个精干的战士：宋小强、李林。我把花生米和松子分给他们吃。他们吃着，说：真香，指导员，干啥呢？我告诉他们：走，跟我去捉越境的敌人。他俩很高兴。这是大白天行动，我们格外小心，在树丛中穿行，犹如游鱼。老远就看到了那棵大榕树，很多游客在排队照相。那四个家伙无有踪影，我很沮丧。正要招呼宋、李回走，一抬头，我看到，一个形容枯槁的老人，坐在一家小饭铺的门前，啃一块西瓜皮。爹,我的爹。对面一个袒胸露背的女人赤着脚呱唧呱唧走过来,把一团用芭蕉叶子包着的糯米饭递给我爹。我爹刚要接,我一口冷风吹过去。那女人拿着糯米饭走了。爹呀,你来干什么?他脸上灰尘很厚,衣衫腐烂,散发着臭气。我眼里沁出泪水,心里如有蜂刺。正要上前问询,忽见那四个家伙坐在"木棉"酒馆里喝酒,每人攥着一瓶子五星啤酒,四个人围定一张桌子,桌子上摆着一盘红辣椒、一盘鱼腥草、一盘豌豆苗、一盘薄荷尖。我一声呼哨,宋小强、李林扑上去擒拿,这时酒店女老板涂着红嘴像只相思鸟儿一样呼扇着绿翅膀迎着我们飞来,她身上散发出灼热的气流,烤得我们周身疼痛,眼睛里溢满辛辣的泪水,好似中了毒气。我们捂着眼睛跌跌撞撞地跑回营盘。路上,李林险些被一个戴贝雷帽的女青年用摩托车撞伤。她丰乳肥臀,面如满月,是对面少见的美人。一股子呛人的香水味儿从她腋下扑出来,使我们窒息。她骑一辆越野摩托,后座上驮一只竹笼,笼装十只鹅,鹅把长长的脖颈从笼眼里探出来,左扭右转如蛇。鹅看着我们,嘎嘎地叫着。这是怎么回事呢?宋小强说。我把兜里的坚果全给了他们,叮嘱道:今日的事,不要让罗连长知道。他们点点头,钻进各自的墓穴中去。

这天夜里下大雷雨，一道道蓝色的闪电穿透混凝土障壁，照亮了那些章鱼腿一样的腥冷植物根须，雨水沿着根须，泪珠般频频下滴，把我身体周围的土地打出一些水窝窝。我用一块锋利的弹片，砍伐着那些根须，但一会儿工夫，它们又长到原先那般长，南方果然是蓬勃生长的象征。

我无法入睡，听着外边的隆隆雷声，听着雨打芭蕉，一片喧嚣，忽然想起了我爹，他老人家今夜如何安身？

后半夜时，大雨停止，山林中流水声响亮，蓝色闪电疲倦地抖动着，我透过缝隙，看到那些常青植物的水光闪烁的肥大叶片和躲藏在叶背的彩色昆虫。又一道闪电亮起，我万分惊讶地看到一个瘦弱的身影一瘸一拐地出现在墓地里。那熟悉的、从我出生起就在我耳边回响的嘎吱声又响起来了。我的装着木腿的爹来了。

他捏亮手电，照着我的墓碑，摸索着我的名字，老泪纵横，与雨水混合在一起。我听到他喃喃自语：

"英豪儿，爹来了，爹要把你领回故乡。"

他从背上卸下一个帆布背囊，从里边摸出了锤子、凿子、钻子，全套的石匠家什，还有一把军用短柄钢锹。

他围绕着我的坟墓转了三圈,选择了长方形水泥墓的后部为突破口。这个选择非常英明,因为我清楚地知道,那里正是混凝土最薄弱的地方。他蹲下,一手握锤,一手握钻,低呼一声:

"英豪我儿,不要害怕。"

他把钻子顶在混凝土上,抡起锤子,狠狠地打了一下。一声清脆的钢铁撞击声震动了寂静的墓地,几个火星迸出来,水泥上出现了一个花生米那么大的小洞。闪电哗啦啦地翻卷着,在他的脸上笼罩了一层又一层的碧绿光芒。我爹警惕地环顾四周,好像怕落入别人的圈套。四周静寂,在闪电消逝时犹如黑暗的大海,树丛间怪鸟和奇虫鸣叫,流萤飞舞。我爹脸上流出清白的汗。他又挥起铁锤打击钢钻,金色的火星从钻子尖上连续不断地飞溅出来。响亮的声音,挺着尖锐的锋芒,渗入那一个个长方形的坟丘。所有的亡灵都从睡梦中惊醒,团长、政委、参谋、干事,全都出来了,一片严肃的面孔,把我们父子俩包围在核心。我十分紧张,爹却浑然不觉。如果他抬头环顾四周,也许能看到点什么,但我爹不抬头,也不再顾忌什么。他把全部的精神和力量贯注到双臂上去,锤子打击钻子,钻子啃咬水泥,水泥四处迸溅,窟窿渐渐变大。

团长大吼：钱英豪，出来！

我小心翼翼地钻出来，如一阵冷风，站在团长和千余战友面前。

你爹要干什么？团长问。

我说：首长，同志们，我也不知道他老人家要干什么，看这样子，他似乎想把我的尸骨起出来背回故乡。

团长厉声道：胡闹嘛！如果大家都让家乡的人来起骨，我们的队伍不就散了伙了吗？

我说：我确实不知道这件事，他老人家也许太思念我了……人老了，老观念难免多一些……

团长说：阻挠他的工作！

团长一挥手，作训股的张、王二参谋手持教鞭站在我爹的身侧，一边一位。等我爹把铁锤举起来时，张参谋挥动教鞭打在我爹的胳膊上。教鞭划一道幽蓝的暗影，搅一股阴凉的风，我爹胳膊一抖，铁锤落地。我心如裂。我爹的大手哆嗦着，把锤子摸起来，又颤抖着举起，王参谋的教鞭又抽在他的手腕上。铁锤落地，我心如刀绞。爹呀，你就算了吧。当爹的铁锤第三次被打落时，他突然跪下，伸着双手，像要承接什么似的，哽咽着说：

"英豪儿，显灵吧！不要打爹的胳膊，爹千里迢迢来到这里不容易啊！"

爹又举起铁锤，王参谋又举起教鞭。我心中一热，跪在战友们面前，说：

"首长们，战友们，请看在我爹这个老战士的分上，遂他心愿，放他一马吧，他拖着一条木腿，来到这里，人都半死了……弟兄们，我也舍不得离开你们……"

等我抬起头来时，战友们都走了，只剩下老爹，还在咬着牙、切着齿，一下接一下地敲我的墓穴。我含着泪，钻进穴里，与枯骨结合在一起。

在墓穴中，我听到爹的喘息愈来愈沉重，钢铁相撞的频率愈来愈慢，而此时，遥远的村寨里雄鸡啼鸣的喔喔声缥缥缈缈地传来，东天边一抹鱼肚白从黑暗中透出来，天就要亮了。我的爹，你今夜不能洞穿我的墓穴。

一株红霞燃烧起来，墓地里翻滚着团团白雾，宛如漫卷的硝烟，潮湿严重，冷气侵骨。我爹的钻子在太阳冒红那霎间穿透了水泥，起下了第一块砖头。一道红光射进，照耀满穴如火。爹兴奋得浑身发抖，手中的铁器跌落在地，打得水泥碎屑脆响。

我渴望着爹继续开掘，放更多的光明进来。但是他却把那块砖头重新插好，手扶着墓丘艰难地站起来。他身上的骨节叭叭地响着，弯曲的腰久久伸不直。待到伸直时,他又歪倒在地。他的嘴啃着泥土,额头上渗出一线血。那条木腿从他膝盖上脱落下来,露出了变色的塑料和凌乱的绑带。他用双手支撑着身体坐起来。他挽起裤腿子,暴露了结满老痂又渗出新血的断腿。他揪一把野草,擦拭着断腿处的泥土和血污。木腿默默地直立在他的身边,像一条忠实的小狗或者像一个忠诚的哨兵。我满怀敬畏地注视着它,好像它脱离了爹的身体之后就变成了一个独立的生命。爹抱起它,认真地擦着它满身的泥土,宛若孤独的老人抚摸相依为命的爱犬,宛若士兵擦拭心爱的枪支。后来爹又把它横缠竖绑在腿上,放下裤管,遮住了它,爹终于站直了身体,背起了沉重的工具,一瘸一拐地嘎嘎吱吱地走进墓地附近的浓密灌木。

整整一个白天,他隐身在灌木丛中,一点声息也不出。下午落了一阵急雨,冲刷着他身上的泥土。我恍惚感到爹已被雨水淋死在那儿,心中十分难过。

黑夜降临,爹又爬到我的墓穴跟前。他不停地咳嗽着,发出那种苍老得令人心酸的声音。战友们用钦佩的目光注视着他。他坐在昨晚的工作面上,抽掉了那块虚放着的砖头,让一块天鹅绒般缀满星斗的天幕进入墓穴。他胸脯中的鸡鸣声和他身上浓重的铁腥味儿一起灌入墓穴。爹开始硬碰硬的艰苦劳动。今晚的开掘进度很快，天明时分，墓穴上出现一个斗大的窟窿。爹把花白的头颅探进来。衰老的气息吹拂着我，他的泪水像滚烫的蜡油滴在我的颅骨上，立刻就凝固了。他剧烈地咳嗽着，痛苦的呻吟填满了咳嗽的间隙。爹站起来，随即又沉重地跌倒了。

太阳出来了，我的爹躺在墓穴前。一个当过军医的战友避避闪闪地围着我爹旋转，形似一只绕着虎尸转圈的狼。他终于把身体弯成一座拱桥，伸出一根指头，触着了我爹的额头，军医怪叫一声努力蹦起来，大声嚷着：烫！烫！烫！

团长说：钱英豪，后悔了吧？

我说：我错了。

团长说：人固有一死，你不必难过。如果老人家就这样死了，我们将破例将他编入团队。

我想了想，说：团长，政委，战友们，我爹七十多岁了，我不放心让他拖着一条木腿站岗、巡逻。

团长说：我们不会让他站岗巡逻的。

我说：那也不行，我老婆虽然带着我儿子改嫁了，但我爹依然是孩子的爷爷，孩子没了爹，不能再没了爷爷。

团长沉思着，脸上生满青苔，他举起右臂往下一劈，说：同志们，为了抢救这个老人，各尽所能，惊扰活人吧。

团队沉默了一会儿，突然爆发了一阵哭嚷，烈士陵园里，空气急速流动，光线弯曲颤抖，树木低垂头颅，太阳黯淡宛若一个浅蓝色的盘子。

团长又挥了一下手，团队炸裂，战友们跳下树木，折断树枝，撕掉树叶和花朵，拔起被雨水淋腐的花圈，抖散开来，跳上墓场管理处的房顶，摇晃电视机天线，对着烟囱呐喊，用头颅撞门板……整个陵园都活跃起来。

我们非常熟悉的墓场管理员开门走出来，他发现了我爹，立即吹向了警哨，几个工作人员闻声赶来。他们拉起我的爹，骂道：

"老家伙，盗一个战士的墓你能盗到什么？"

我爹的头颅像成熟的谷穗垂在胸前，守墓人搜了他的身，搜出了被雨水泡湿的荣军证、烈属证。

肃然起敬的表情从守墓人脸上表现出来。他们把我爹抬走了。

在少先队员们清脆的歌声里，我们脸上都渗出了泪珠。

半个月后,我爹在一位中年地方干部和一位戴眼镜军人的陪同下,来到我的墓穴旁。四个守墓人拿着铁锹、十字镐在旁边等待着。

眼镜军人仔细察看了我的墓碑,小声跟那位地方干部交谈几句。地方干部对守墓人说:

"开始吧。"

他们撬开了我的墓穴,铲出了穴中的红土,铲断了一束束树根,铲死了很多白脖颈蚯蚓。铁锹刃嚓啦一声响,一阵剧痛传遍我的全身。地方干部紧张地说:

"轻点,到了。"

守墓人戴上橡胶手套,先把我的头颅装进一只黑色塑料口袋,然后按照从上到下的顺序,把我全部装进袋,连一块趾骨也没漏下。

他们把我用一块绿色帆布层层包裹起来。眼镜军人双手捧着,郑重地说:

"大爷,千万要保密啊!"

我爹接过我,抱住,说:

"首长,我以一个老兵的名义向您保证:用钳子拔掉我的牙,这事也不会从我嘴里泄露出去。"

在颠颠簸簸的军用吉普车上,爹紧紧地搂抱着我。我听到了他的喘息感到了他的心跳。路况很糟,爹的身体时时弹跳起来，他的光脑袋碰得帆布顶篷嘭嘭响。军人同情地看我爹一眼，说：

"再有四个月，一级公路就修好了。"

我看到，旧路外侧，一台台杏黄色的筑路机械正在缓慢而沉重地移动着，烧熬沥青的浓烈味道弥漫山林。青山绿树，蓝天白云，木棉花宛若簇簇火焰。吉普车拐了一个弯，被一辆载满粗大圆木的邻邦卡车挡住了去路。一个瘦小身材、凹眼高颧的司机站在车尾后，对着我们高高地举起了双手。我们的司机嘟哝了一句，刹住车。眼镜军人下去，操着叽叽呱呱的语言与那司机交谈。眼镜军人对司机说：

"他说想借我们的千斤顶用一下，有吗？有就借给他用了，他的车不修好，我们也过不去。"

我们的司机慢腾腾地从车后工具箱里把千斤顶取出来。那人连声道谢，几句简单的感谢话倒还说得流畅。

借着这机会，我脱身出来，站在路边一块白石上，回望陵园。我看到战友们齐集在墓地的高坡上，正对我招展手臂。一股力量吸引着，使我不顾一切地蹿回去。

团队整体严肃，如同一块沉重而平整的巨石。

我说："弟兄们，我不走了，我舍不得离开你们。"

团长走上前来，用冰冷的手按着我的嘴唇，说：

"钱英豪同志,我们也不愿你走。因为走了你一个,我们这块大陆,"他指指团队,沉重地说,"就缺了一个角,而且无法弥补。"

政委说:"但此事已惊动了活人的世界,无力挽回了。你知道的,离开骨架一天一夜,你就会化成一缕青烟。"

已调到宣传处的华中光跑出队列,把一本油印刊物一捆诗稿送给我,他红着眼睛说:

"指导员,送你做个纪念吧。"

汽车的引擎在远处轰鸣起来,我必须走了,我捧着刊物和诗稿,三步一回首,留恋战友们。等我钻进吉普车里时,身后响起了低沉的歌声:

> 战友战友亲如兄弟
> 战争把我们联成一体
> 生前我们并肩战斗
> 死后墓穴连在一起
> ……

我们静坐在树冠上,听着那滚滚而来的送别歌声,感到遥远的南方在召唤我们。

十八

夜色深沉，天上的星密得出奇，河面上反射着模模糊糊的星光，不时有成群的流星坠落，照亮了我们铁锈斑斑的面孔。我们沉默不语，好像所有的话都说完了。河水又开始上涨了。黑暗里响着呼隆隆的水声，腥冷的水味蓬勃上升。我感到彻里彻外地凉透了。

河两边的堤岸上，每隔十几米远就有一盏风雨灯在放射着黄色的混沌光芒。在靠近我们的树冠的那盏马灯附近，坐着一个中年人和一个大脑袋细脖颈的男孩子。起初我们并没注意他们，那中年人脱下蓑衣，摘下斗笠之后，我们才发现他是张思国。他抽着烟，红红的火头不时照亮颧骨上那块红色的疤痕。郭金库说：

"我忘记告诉你们了，张思国成家了。女方是个三十多岁的寡妇，那小男孩就是她带过来的。"

我说："成家总比光棍强。"

钱英豪说："其实，我们谁也比不上张思国。"

我问郭金库："你跟他是一个团的，到底是怎么回事？"

郭金库说："我跟他不在一个连。起初听说他牺牲了，后来又说没牺牲。这家伙，太实心眼了。"

钱英豪说："你说详细点，说详细点。"

郭说："我也是听人家说，他在尖刀班里排雷，跟两个战士编成一个小组。排了五颗压发雷后，他们接近了前沿阵地左侧一块小高地，那两个战士触雷牺牲，他也负了伤。他一声不吭，继续开辟道路。后边的人看到他爬到高坡上往下滚去，随后传来地雷爆炸声。他再次负伤，被拎下来送往医院。当时大家认为他用身体滚雷为胜利开辟了道路。战斗一结束，一致为他请功，领导机关也很重视，派人到医院找他谈话，准备整理材料，上报军委，请授他'滚雷英雄'称号。可这家伙，死猫扶不上树，对两位军政治部的干事说：'我没滚雷。那地方没雷，又下着雨，我爬上坡去，受伤的腿不得劲，一滑，滑下坡，压响了两颗雷。我会排雷，干吗要去滚雷？那不是找死吗？材料说我一个人排了五颗雷，不对，我排了一颗，那四颗是大个子刘和郑红旗排的。他俩死了，大个子刘替我挡了弹片我才没被炸死。你们把功给他俩吧，我活着就占了大便宜，不要功……'"郭金库说，"就这样，这傻瓜，把到手的英雄扔了。"

我们把目光齐聚在张思国的脸上，那张脸早已不是守备区后勤班赶马车的小胖子张思国的脸。那时候他赶着马车往农场里运肥，十分得意，说学会赶马车回家有用。我们迷恋着报幕员牛丽芳时，他迷恋着那匹黄骠马。有一次我在马厩附近碰到他，他正在给马梳毛。他说赵金你知道吗好马通人性，骡马赛君子，牛羊日它娘，这匹马救过我的命。他说有一次我打瞌睡掉在车轮下，黄骠马把我叼了出来，要不是黄骠马我就给轧死了。他讲的故事许多车把式都讲过，我半信半疑，他却很认真地问我：赵金，我想复员时用复员费把这匹马买走，你说部队会不会同意？我很瞧不起他，认为他没有雄心大志，便说：这匹马如果是匹骡马就好了。他愣了一会儿，不高兴地说：我跟你说正经话儿，你干吗讽刺我呢？

他嘴边的烟头一明一暗地闪烁着。白色的飞虫不断地撞着马灯罩子。马灯周围，落了一片飞虫的尸体。那个大脑袋的男孩愣怔怔地说：

"伙计，你给我讲个故事吧。"

他拍了男孩一巴掌，说：

"伙计，你不要叫我伙计。我是你的爹。"

男孩有些不好意思地笑了，龇出了两颗小虎牙，说：

"伙计，爹，我叫不惯你爹，可是俺娘也让我叫你爹。"

他说:"你娘让你叫我爹,我就是你的爹。我可以叫你伙计你不能叫我伙计。伙计你打起点精神,小心着别跑了水。咱要保护你的娘,你的娘就是我的老婆,咱还要保护老百姓的庄稼地。"

"这小子,是马尾捆豆腐提不起来的东西,"郭金库说,"有一阵子,我见面就骂他,别人没有的事还要想着法儿编出来,你小子滚了雷还谦虚,只配修理地球的笨蛋。后来他见了我都躲着走,像个小偷一样。"

"这次农转非,他没去找县民政局吗?"我问,"他受过伤,有可能照顾。"

郭金库说:"大概没去。"

我说:"金库,你应该帮他去问问。"

郭金库说:"我哪里顾得上?再说,他自己都不着急,别人还操什么心。"

钱英豪说:"人各有志,不能勉强,真让他去当工人,他未必舒服。"

我感到无话可说了。郭金库和钱英豪也沉默了。一条银光闪闪的大鱼从树冠旁跃起来,又响亮地跌下去。水花溅到我脸上,我感到河水很温暖。

大头男孩突然惊愕地说:

"伙计,爹,树上好像有人!"

张思国站起来,举起马灯,黄光鲜明地照耀着他的已经布满皱纹的脸。

他放下马灯,拍了那男孩一巴掌,嘴里不知咕噜了一句什么话。

(一九九一年三月初稿——一九九二年五月修改
高密——北京——石家庄)

图书在版编目(CIP)数据

筑路/莫言著.—杭州:浙江文艺出版社,2020.5
ISBN 978-7-5339-6003-2

Ⅰ.①筑… Ⅱ.①莫… Ⅲ.①中篇小说-小说集-中国-当代 Ⅳ.①I247.5

中国版本图书馆CIP数据核字(2020)第022130号

策划统筹　曹元勇
责任编辑　王丽荣
文字编辑　刘梦蝶
封面设计　人马艺术设计·储平
责任印制　吴春娟

筑路
莫言　著

出版　浙江文艺出版社
地址　杭州市体育场路347号　邮编:310006
网址　www.zjwycbs.cn
经销　浙江省新华书店集团有限公司
印刷　上海中华商务联合印刷有限公司
开本　787毫米×1092毫米　1/32
字数　155千字
印张　9.5
插页　4
版次　2020年5月第1版
印次　2020年5月第1次印刷
书号　ISBN 978-7-5339-6003-2
定价　49.00元

版权所有　侵权必究
(如有印、装质量问题,请寄承印单位调换)